LE
COLLIER ROUGE

JEAN-CHRISTOPHE RUFIN
de l'Académie française

LE
COLLIER ROUGE

roman

ÉDITIONS FRANCE LOISIRS

Édition du Club France Loisirs,
avec l'autorisation des Éditions Gallimard

Éditions France Loisirs,
123, boulevard de Grenelle, Paris.
www.franceloisirs.com

Le Code de la propriété intellectuelle n'autorisant, aux termes des paragraphes 2 et 3 de l'article L. 122-5, d'une part, que les « copies ou reproductions strictement réservées à l'usage privé du copiste et non destinées à une utilisation collective » et, d'autre part,sous réserve du nom de l'auteur et de la source, que les « analyses et les courtes citations justifiées par le caractère critique, polémique, pédagogique, scientifique ou d'information », toute représentation ou reproduction intégrale ou partielle, faite sans le consentement de l'auteur ou de ses ayants-droit ou ayants cause, est illicite (article L. 122-4). Cette représentation ou reproduction, par quelque procédé que ce soit, constituerait donc une contrefaçon sanctionnée par les articles L. 335-2 et suivants du Code de la propriété intellectuelle.

© Éditions Gallimard, 2014.

ISBN : 978-2-298-09178-6

I

À une heure de l'après-midi, avec la chaleur qui écrasait la ville, les hurlements du chien étaient insupportables. Il était là depuis deux jours, sur la place Michelet, et depuis deux jours il aboyait. C'était un gros chien marron à poils courts, sans collier, avec une oreille déchirée. Il jappait méthodiquement, une fois toutes les trois secondes à peu près, d'une voix grave qui rendait fou.

Dujeux lui avait lancé des pierres depuis le seuil de l'ancienne caserne, celle qui avait été transformée en prison pendant la guerre pour les déserteurs et les espions. Mais cela ne servait à rien. Quand il sentait les cailloux approcher, le chien reculait un instant, puis il reprenait de plus belle. Il n'y avait qu'un prisonnier dans le bâtiment et il n'avait pas l'air de vouloir s'évader. Malheureusement, Dujeux était le seul gardien et sa conscience professionnelle lui interdisait de s'éloigner. Il n'avait aucun moyen de poursuivre l'animal, ni de lui faire vraiment peur.

Par cette canicule, personne ne se risquait dehors. Les aboiements se répercutaient de mur en mur, dans les rues vides. Un moment, Dujeux eut l'idée de se servir de son pistolet. Mais on était maintenant en temps de paix ; il se demandait s'il avait bien le droit de faire feu comme ça, en pleine ville, même sur un chien. Surtout, le prisonnier aurait pu en tirer argument pour monter encore un peu plus la population contre les autorités.

C'est peu de dire que Dujeux le détestait, celui-là. Les gendarmes qui s'en étaient saisi avaient eu une mauvaise impression, eux aussi. L'homme ne s'était pas défendu quand ils l'avaient conduit à la prison militaire. Il les avait regardés avec un sourire trop doux, qu'ils n'aimaient pas. On le sentait sûr de son fait, comme s'il avait accepté de partir de son plein gré, comme s'il n'avait tenu qu'à lui de déclencher une révolution dans le pays...

C'était peut-être vrai, après tout. Dujeux n'aurait juré de rien. Qu'est-ce qu'il savait, lui le Breton de Concarneau, de cette sous-préfecture du Bas-Berry ? En tout cas, il ne s'y plaisait pas. Le temps était humide à longueur d'année et trop chaud pendant les quelques semaines où le soleil brillait toute la journée. L'hiver et aux saisons arrosées, la terre exhalait des vapeurs malsaines, qui sentaient l'herbe pourrie. L'été, une poussière sèche montait des chemins, et la petite ville, sans autre voisinage que la campagne, trouvait le moyen, nul ne savait pourquoi, d'empester le soufre.

Dujeux avait refermé la porte et il se tenait la tête dans les mains. Les aboiements lui donnaient la migraine. Par manque de personnel, il n'était jamais remplacé. Il couchait dans son bureau, sur une paillasse qu'il rangeait la journée dans un placard en métal. Ses deux dernières nuits avaient été blanches, à cause du chien. Ce n'était plus de son âge. Il pensait sincèrement qu'après cinquante ans un homme devrait être dispensé d'épreuves de ce genre. Son seul espoir était que l'officier appelé pour l'instruction arrive au plus vite.

Perrine, la fille du Bar des Marronniers, traversait la place matin et soir pour lui apporter du vin. Il fallait bien qu'il tienne le coup. La gamine passait les bouteilles par la fenêtre et il lui tendait l'argent sans un mot. Elle n'avait pas l'air de s'inquiéter du chien et même, le soir du premier jour, elle s'était arrêtée pour le caresser. Les gens de la ville avaient choisi leur camp. Ce n'était pas celui de Dujeux.

Il avait mis les bouteilles de Perrine sous son bureau et se servait en cachette. Il voulait éviter de se faire surprendre en train de boire, si l'officier arrivait à l'improviste. Épuisé comme il l'était à cause du manque de sommeil, il n'était pas certain de l'entendre venir.

Et, en effet, il avait dû s'assoupir quelques instants, car il l'avait trouvé devant lui en rouvrant les yeux. À l'entrée du bureau, sanglé dans une vareuse bleu roi, trop épaisse pour la saison et pourtant boutonnée jusqu'au col, se tenait un homme de haute stature qui dévisageait Dujeux sans indulgence. Le gardien se redressa et referma quelques boutons de sa veste en s'emmêlant les doigts. Puis il se leva et se mit au garde-à-vous. Il avait conscience d'avoir les yeux bouffis et de sentir le vin.

— Vous ne pouvez pas faire taire ce cabot ?

Ce furent les premiers mots de l'officier. Il regardait par la fenêtre et ne prêtait aucune attention à Dujeux. Toujours au garde-à-vous, celui-ci était pris d'une nausée et hésitait à ouvrir la bouche.

— Il n'a pourtant pas l'air méchant, poursuivit le juge militaire. Quand le chauffeur m'a déposé, il n'a pas bougé.

Ainsi, une automobile avait stationné devant la prison et Dujeux n'avait rien entendu. Décidément, il avait dormi plus longtemps qu'il ne le pensait.

L'officier se tourna vers lui et dit « Repos », sur un ton las. À l'évidence, ce n'était pas un homme qui s'intéressait à la discipline. Il agissait avec naturel et semblait considérer la mise en scène militaire comme un folklore pénible. Il prit une chaise à barreaux, la retourna et s'assit à califourchon, penché en avant sur le dossier. Dujeux se détendit. Il aurait bien bu un coup et peut-être qu'avec cette chaleur l'autre aurait été heureux de l'accompagner. Mais il chassa cette idée et se contenta, pour se dégourdir le gosier, d'avaler péniblement sa salive.

— Il est là ? interrogea le juge, en désignant du menton la porte métallique qui menait aux cellules.

— Oui, mon commandant.

— Combien en avez-vous en ce moment?

— Un seul, mon commandant. Depuis la fin de la guerre, ça s'est beaucoup vidé...

C'était bien sa veine, à Dujeux. Avec un seul client, il aurait dû se la couler douce. Mais voilà, il fallait qu'il ait un chien et qu'il gueule sans arrêt devant la prison.

L'officier transpirait. Il déboutonna avec agilité la vingtaine de boutons de sa veste. Dujeux se dit qu'il n'avait dû la fermer qu'avant d'entrer, pour l'impressionner. C'était un homme d'une trentaine d'années et, après cette guerre, il était assez courant de voir fleurir des galons sur des gens aussi jeunes. Sa moustache réglementaire n'arrivait pas à pousser dru et elle lui faisait comme deux sourcils sous le nez. Il avait des yeux d'un bleu acier mais doux, certainement myopes. Une paire de lunettes en écaille dépassait d'une poche de son gilet. Était-ce par coquetterie qu'il ne les portait pas? Ou voulait-il donner à son regard ce vague qui devait troubler les suspects qu'il interrogeait? Il sortit un mouchoir à carreaux et s'épongea le front.

— Votre nom, adjudant?

— Dujeux Raymond.

— Vous avez fait la guerre?

Le geôlier se redressa. L'occasion était bonne. Il pouvait marquer quelques points, faire oublier sa tenue et montrer que c'était sans plaisir qu'il remplissait cette fonction de garde-chiourme.

— Certainement, mon commandant. J'étais chasseur. Ça ne se voit pas ; j'ai coupé mon bouc...

Comme l'autre ne souriait pas, il continua :

— Blessé deux fois. La première à l'épaule sur la Marne et la deuxième au ventre, en montant au Mort-Homme. C'est pour cela que depuis...

L'officier secoua la main pour signifier qu'il comprenait, qu'il était inutile d'en dire plus.

— Vous avez son dossier ?

Dujeux se précipita vers un secrétaire à rouleau, l'ouvrit et tendit une chemise à l'officier. La couverture cartonnée faisait illusion. En réalité, il n'y avait dedans que deux pièces : le procès-verbal des gendarmes et le livret militaire du prisonnier. Le juge en prit connaissance rapidement. Il ne contenait rien qu'il ne sût déjà. Il se leva, et Dujeux allait déjà se jeter sur le trousseau de clefs. Mais l'officier, au lieu de se diriger vers les cellules, retourna à la fenêtre.

— Vous devriez ouvrir, on étouffe chez vous.

— C'est à cause du chien, mon commandant...

En plein soleil, l'animal aboyait sans discontinuer. Quand il reprenait son souffle, sa langue pendait et on voyait qu'il haletait.

— Qu'est-ce que c'est, comme race, à votre avis ? On dirait un braque de Weimar.

— Sauf votre respect, je dirais que c'est plutôt un bâtard. Des chiens comme ça, on en voit beaucoup dans les campagnes, par ici. Leur travail, c'est de garder les troupeaux. Mais ils chassent aussi.

L'officier n'avait pas l'air d'avoir entendu.

— À moins que ce soit un berger des Pyrénées...

Dujeux jugea qu'il valait mieux ne pas intervenir. Encore un aristo, un maniaque de chasse à courre, un de ces hobereaux qui avaient fait tant de mal pendant la guerre, par leur morgue et leur incompétence...

— Bon, trancha l'officier sans enthousiasme. Allons-y. Je vais entendre le suspect.

— Vous voulez le voir dans sa cellule ou je vous l'amène ici ?

Le juge jeta un coup d'œil vers la fenêtre. Le bruit du chien ne diminuait pas. Au moins, dans le fond du bâtiment, on entendrait moins les aboiements.

— Dans sa cellule, dit-il.

Dujeux saisit le gros anneau sur lequel étaient enfilées les clefs. Quand il ouvrit la porte qui menait aux cellules, une bouffée d'air plus frais envahit le bureau. L'odeur aurait pu être celle d'une cave, si des relents de corps et d'excréments n'y avaient pas flotté. Le couloir était éclairé par une imposte, à l'autre extrémité, qui versait goutte à goutte dans l'obscurité une lumière froide et laiteuse. C'était un ancien quartier de chambrées, et pour en faire une prison on avait ajouté de gros verrous sur les portes. Elles étaient entrouvertes et on apercevait les cellules vides. Tout au fond, la dernière était fermée et Dujeux l'ouvrit en faisant beaucoup de bruit, comme un marcheur qui frappe le sol du pied pour éveiller les serpents. Puis il fit entrer l'officier.

Un homme était étendu sur un des deux bat-flanc, la tête tournée vers le mur. Il ne bougeait pas. Dujeux voulut faire du zèle et cria « Debout! ». L'officier lui fit signe de se taire et de sortir. Il alla s'asseoir sur l'autre lit et attendit un peu. Il avait l'air de chercher des forces, non pas comme un athlète qui s'élance pour une performance, plutôt comme quelqu'un qui doit accomplir une corvée et ignore s'il disposera de l'énergie nécessaire pour y parvenir.

— Bonjour, monsieur Morlac, souffla-t-il en se massant la racine du nez.

L'homme ne bougeait pas. À en juger par sa respiration, il était pourtant manifeste qu'il ne dormait pas.

— Je suis le chef d'escadron Lantier du Grez. Hugues Lantier du Grez. Nous allons bavarder un peu, si vous le voulez.

Dujeux avait entendu cette phrase et, en regagnant son bureau, il secouait la tête d'un air navré. Depuis que la guerre était finie, rien n'était plus comme avant. Même la justice militaire semblait hésitante, affaiblie, comme ce jeune juge trop aimable. Il était loin le temps où l'on fusillait sans état d'âme.

Le geôlier se rassit derrière son bureau. Il se sentait plus détendu, sans savoir pourquoi. Quelque chose avait changé. Ce n'était pas la chaleur, qui lui parut au contraire plus étouffante après la plongée dans la fraîcheur des cellules. Ce n'était pas la soif, de plus en plus intense, et qu'il se décida à étancher en sortant prudemment une bouteille de sous son bureau. En vérité, ce qui avait changé, c'était le silence : le chien n'aboyait plus.

Après ces deux jours d'enfer, c'était le premier moment de calme. Il se précipita à la fenêtre pour voir si l'animal était toujours là. D'abord, il ne le vit pas. Puis, en penchant la tête, il le découvrit dans l'ombre de l'église, assis sur ses pattes de derrière, attentif mais silencieux.

Depuis que le juge était entré dans la cellule de son maître, le chien avait cessé de hurler à la mort.

*

Le juge militaire avait ouvert le dossier et l'avait posé sur ses genoux. Il s'était calé sur le châlit, appuyé contre le mur. On sentait qu'il s'était installé pour un bon moment et qu'il avait son temps. Le prisonnier n'avait pas bougé. Il continuait de lui tourner le dos, allongé sur sa couche dure, mais il était évident qu'il ne dormait pas.

— Jacques, Pierre, Marcel Morlac, prononça l'officier sur un ton machinal. Né le 25 juin 1891.

Il se passa la main dans les cheveux pendant qu'il calculait.

— En somme, cela vous fait vingt-huit ans. Vingt-huit ans et deux mois, puisque nous sommes en août.

Il ne semblait pas attendre de réponse et poursuivit :

— Vous êtes officiellement domicilié dans la ferme de vos parents, où d'ailleurs vous êtes né, à Bigny. C'est tout près d'ici, je crois. Mobilisé en novembre 15. En novembre 15 ? Vous avez dû être considéré comme soutien de famille et ça vous a valu un répit.

Le juge avait une longue habitude de ces présentations. Il égrenait les données d'état civil avec une expression navrée. Les différences de date et de lieu qui définissaient chaque individu étaient fondamentales : c'était à elles que chacun devait d'être ce qu'il était. Et, en même temps, elles étaient si dérisoires, ces différences, si minuscules, qu'elles révélaient, mieux qu'un matricule, à quel point les hommes se distinguent par peu de chose. À ces notations près (un nom, une date de naissance...), ils constituent une masse indistincte, compacte, anonyme. C'était cette masse que la guerre avait pétrie, gâchée, consumée. Personne ne pouvait avoir vécu cette guerre et croire encore que l'individu avait une quelconque valeur. Et pourtant, la justice, à laquelle Lantier était désormais affecté, exigeait, pour condamner, que lui soient présentés des individus. C'est pourquoi il devait cueillir ces renseignements, les fourrer dans un dossier où ils se dessécheraient, comme des fleurs serrées entre les pages d'un gros livre.

— On vous a d'abord versé dans l'intendance en Champagne. Ça n'a pas dû être bien pénible. Réquisitionner du fourrage dans les fermes, vous savez faire. Et ce n'est pas dangereux.

L'officier marqua un temps pour voir si le prévenu réagissait. La silhouette allongée devant lui ne bougeait toujours pas.

— Ensuite, vous avez été désigné avec votre unité pour l'armée d'Orient. Arrivé à Salonique en juillet 16. Eh bien, au moins, cette chaleur ne doit pas trop vous gêner ! Vous avez eu le temps de vous y habituer, là-bas.

Un camion, qui remontait péniblement la rue, passa le long du soupirail avec un bruit rauque puis s'éloigna.

— Il faudra que vous me racontiez cette campagne, dans les Balkans. Je n'y ai jamais rien compris. On a voulu embêter les Turcs dans les Dardanelles et ils nous ont rejetés à la mer, c'est bien ça ? Ensuite, on s'est repliés sur Salonique et on a joué au chat et à la souris avec les Grecs qui ne se décidaient pas à entrer en guerre à nos côtés. Je me trompe ? En tout cas, nous, sur la Somme, nous avons toujours considéré que les types de l'armée d'Orient étaient des planqués qui se la coulaient douce sur les plages...

En adoptant, par surprise, ce vocabulaire familier et surtout en proférant une véritable insulte, Lantier savait ce qu'il faisait. Son visage exprimait la même lassitude. Ces petits coups de théâtre faisaient toujours partie de la routine des interrogatoires. Il savait quelle fibre chatouiller en l'homme, tout comme un paysan connaît les points sensibles de son bétail. Le prisonnier couché devant lui remua un pied. C'était bon signe.

— Quoi qu'il en soit, vous vous êtes distingué. Bravo. Août 17, citation signée du général Sarrail : « Le caporal Morlac a pris une part décisive dans une attaque contre les forces bulgares et autrichiennes. En première ligne dans cet assaut, il a personnellement mis hors de combat neuf fantassins ennemis, avant d'être blessé à la tête et à l'épaule, et de tomber sans connaissance sur le champ de bataille. Il a tenu bon jusqu'à ce que ses camarades parviennent à le ramener dans les lignes françaises pendant la nuit. Cette action héroïque a marqué le début de la contre-offensive victorieuse de nos troupes dans la région de la Tcherna. » Magnifique ! Toutes mes félicitations.

Cette lecture avait certainement produit son effet car le prisonnier ne cherchait même plus à faire croire qu'il dormait. Tout en restant allongé, il changeait de position, peut-être dans le but de couvrir les paroles de l'officier.

— Il a vraiment fallu que ce soit un acte d'une bravoure exceptionnelle pour qu'on vous décerne la Légion d'honneur. La Légion d'honneur ! À un simple caporal ! Je ne sais pas ce qu'il en était de l'armée d'Orient mais, en France, je crois avoir entendu rapporter deux ou trois cas de ce genre seulement. Il y a de quoi être particulièrement fier. Vous en êtes particulièrement fier, monsieur Morlac ?

Le prisonnier fouraillait dans sa couverture. Il était évident qu'il n'allait pas tarder à se montrer.

— Venons-en à l'acte pour lequel vous avez été arrêté. Je ne peux pas imaginer qu'un homme qui a gagné sa Légion d'honneur dans de telles conditions puisse se rendre coupable consciemment de ce qui vous est reproché. J'imagine que vous étiez ivre, monsieur Morlac ? La guerre nous a tous ébranlés. Il arrive que nos souvenirs nous rattrapent et, pour leur échapper, on boit un coup. Un coup de trop. Ce qui amène à faire des choses que l'on regrette. C'est bien cela ? Dans ce cas, présentez vos excuses, exprimez un repentir sincère et nous nous en tiendrons là.

Sur le bat-flanc, en face du juge, l'homme s'était enfin redressé. Il était en nage sous sa couverture, les joues rouges, les cheveux en bataille. Mais son regard n'était pas brouillé. Il s'assit sur le bord du lit, en laissant pendre ses jambes nues. Il passa sa main sur sa nuque avec une grimace et s'étira. Puis il fixa le juge qui était toujours assis, le dossier sur les genoux, et souriait d'un air las.

— Non, dit l'homme. Je n'étais pas saoul. Et je ne regrette rien.

II

L'homme avait parlé assez bas et sa voix était sourde. Il était impossible qu'on l'eût entendu du dehors. Pourtant, le chien, sur la place, s'était aussitôt remis à hurler.

Le juge, machinalement, regarda vers la porte.

— En voilà un, au moins, qui tient à vous. Il n'y a personne d'autre qui tienne à vous, caporal? Personne qui préférerait que vous sortiez de cette regrettable affaire et que vous soyez libre?

— Je vous le répète, répondit Morlac. Mes actes, j'en suis responsable et je ne vois aucune raison de m'excuser.

Lui aussi, à l'évidence, était marqué par la guerre. Quelque chose, dans sa voix, disait qu'il était désespérément sincère. Comme si la certitude de mourir bientôt, éprouvée jour après jour au front, avait fait fondre en lui toutes les coques du mensonge, toutes ces peaux tannées que la vie, les épreuves, la fréquentation des autres déposent sur la vérité chez les hommes ordinaires. Ils avaient cela en commun, tous les deux, cette fatigue qui ôte toute force et toute envie de dire et de penser des choses qui ne soient pas vraies. Et, en même temps, parmi ces pensées, celles qui portaient sur l'avenir, le bonheur, l'espoir étaient impossibles à formuler car aussitôt détruites par la réalité sordide de la guerre. Si bien qu'il ne restait que des phrases tristes, exprimées avec l'extrême dépouillement du désespoir.

— Il y a longtemps qu'il vous suit, ce chien ?

Morlac se gratta le bras. Il était vêtu d'un maillot de corps sans manches qui faisait ressortir ses muscles. En réalité, il n'était pas très costaud. De taille moyenne, les cheveux châtains, il avait le front dégarni et des yeux clairs. On voyait que c'était un homme de la campagne mais il avait cet air inspiré et ce regard intense que l'on imagine aux prophètes ou aux pâtres visités par des apparitions.

— Depuis toujours.

— Que voulez-vous dire ?

Lantier commençait à rédiger son compte rendu d'interrogatoire. Il avait besoin de termes précis pour cet exercice. Mais il n'y mettait aucune passion.

— Il m'a suivi quand les gendarmes sont venus me chercher pour la guerre.

— Racontez-moi ça.

— Si je fume.

Le juge fouilla dans son gilet et sortit un paquet de cigarettes chiffonné. Morlac en alluma une avec le briquet d'amadou que lui avait tendu l'officier.

Il souffla la fumée par le nez, comme un taureau furieux.

— On était à la fin de l'automne. Vous le savez, c'est dans vos papiers. On avait encore des labours. Mon père ne pouvait plus suivre le cheval depuis longtemps. Et moi, j'avais aussi à faire les champs des voisins, parce que leur fils était parti dans les premiers. Ils sont venus à midi, les pandores. Je les ai vus remonter l'allée de tilleuls et j'ai bien compris. On avait discuté de ce que je ferais, avec mon père. Moi, j'étais pour me cacher. Mais il les connaissait et il m'a dit que, maintenant ou plus tard, ils me prendraient. Alors, je leur ai emboîté le pas.

— Vous étiez le seul qu'ils devaient ramener ?

— Bien sûr que non. Il y avait déjà trois autres conscrits avec eux. Je les connaissais de vue. Les gendarmes m'ont fait monter dans leur carriole et on est allés en ramasser trois autres de plus.

— Et le chien ?

— Il a suivi.

Est-ce que l'animal avait entendu ? Lui qui n'avait pas cessé d'aboyer depuis que son maître s'était réveillé, il se taisait, maintenant qu'on parlait de lui.

— Il n'était pas le seul, d'ailleurs. Tous les autres aussi, ils avaient un chien qui les suivait au début. Les cognes rigolaient. Je pense qu'ils le faisaient exprès de les laisser courir derrière la charrette. Comme ça, c'était gai, on aurait dit qu'on partait à la chasse. Du coup, ceux qu'on venait chercher se laissaient embarquer sans faire d'histoire.

Il racontait ça en riant avec la bouche mais ses yeux restaient tristes, et l'officier, en face de lui, manifestait la même gaieté de surface.

— Vous l'aviez depuis longtemps, ce chien ?
— Des amis me l'ont donné.

Le juge notait tout scrupuleusement. C'était un peu comique de le voir consigner avec gravité ces histoires de chien. Mais il est vrai que l'animal jouait un rôle important dans l'affaire qu'il venait instruire.

— Quelle race ?
— La mère, c'était un briard, assez pur, à ce que je crois. Le père, on n'a jamais très bien su. Il paraît que tous les mâles du coin y étaient passés.

Il n'y avait rien de lubrique dans ce propos mais plutôt du dégoût. C'était curieux comme la guerre avait rendu ces histoires de chair insupportables. Comme si ce magma des origines, ces mystères de la génération répondaient tragiquement à l'orgie du sang et de la mort, à l'ignoble mélange auquel les obus avaient procédé dans les tranchées.

— Bref, coupa l'officier, ce chien vous a suivi et ensuite ?
— Ensuite, il a continué. Il était plus malin que les autres, faut croire. On nous a regroupés à Nevers et, de là, on a embarqué sur un train pour l'Est. La plupart des chiens sont restés sur le quai mais celui-ci, il a pris son élan et, au moment où le train démarrait, il a sauté sur la plate-forme.

— Les sous-offs ne l'ont pas chassé ?
— Ça les a fait rigoler. S'il y en avait eu trente, ils les auraient jetés dehors mais un seul, au fond, ça ne leur déplaisait pas. Il est devenu la mascotte du régiment. En tout cas, c'est comme ça qu'ils l'appelaient.

Ils étaient maintenant face à face, chacun sur un bat-flanc, séparés par l'étroit espace de la cellule. C'était un peu l'ambiance de la guerre, dans les casemates. On avait le temps. La vie s'écoulait lentement, et pourtant, à tout instant, un obus pouvait mettre fin à tout.

— Et vous, bien sûr, ça vous plaisait. Vous lui étiez attaché, à votre chien ?

Morlac fouillait pensivement dans le paquet de cigarettes. Il en tira une à moitié cassée, la coupa en deux et alluma un des bouts.

— Vous trouverez peut-être ça bizarre, surtout avec ce que je viens de faire, mais je n'ai jamais eu beaucoup de sentiment pour les chiens. Je n'aime pas faire du mal aux bêtes ; je les soigne quand il faut. Mais quand il faut aussi, je les tue, les lapins ou les moutons par exemple. Un chien, je l'emmène à la chasse ou dans les champs pour garder les vaches. Mais le caresser, tout ça, ce n'est pas trop mon genre.

— Vous n'étiez pas content qu'il vous suive ?
— La vérité, c'est que j'étais plutôt gêné. Je n'avais pas envie de me faire remarquer, dans cette histoire de guerre. Surtout au début. Je ne savais

pas comment les choses tourneraient mais je me disais qu'à un moment il faudrait peut-être que je file discrètement et alors, avec un chien...

— Vous vouliez déserter ?

Lantier ne posait pas la question en juge, plutôt en officier, qui croit connaître ses hommes et qui découvre chez l'un d'eux un trait de caractère auquel il ne s'attendait pas.

— Vous, vous saviez sans doute ce que c'était que la guerre. Moi pas. Quand elle a commencé, ce que je voyais avant tout, c'était les champs qui restaient avec ma mère et ma sœur et qu'elles ne pourraient pas cultiver, c'était le foin pas encore rentré. Alors je me disais que si on n'avait pas trop besoin de moi à l'armée, j'essaierais de rentrer là où j'étais utile. Vous comprenez ?

L'officier était un homme de la ville. Il était né à Paris et y avait toujours vécu. Il avait souvent remarqué, avec ses hommes, à quel point citadins et paysans voyaient l'arrière différemment. Pour l'homme des villes, l'arrière, c'était le plaisir, le confort, la lâcheté, en somme. Pour celui des campagnes, l'arrière, c'était la terre, le travail, un autre combat.

— Il y avait des chiens dans votre convoi, à part le vôtre ?

— Dans le train, non. Mais à Reims, quand on est descendus, on en a trouvé pas mal.

— Les officiers ne disaient rien ?

— Il n'y avait rien à dire. Ils se débrouillaient

tout seuls, ces chiens-là. Je ne sais pas s'ils faisaient les poubelles la nuit ou si les gens leur jetaient des restes à manger. Les deux, sans doute. En tout cas, on n'avait pas besoin de s'occuper d'eux.

— Ensuite, vous êtes allés vers le front ?

— Je suis resté six mois à faire du ravitaillement. On n'était pas en première ligne mais il arrivait qu'on s'en rapproche beaucoup et les obus faisaient souvent du dégât.

— Le chien était toujours avec vous ?

— Toujours.

— Ce n'est pas banal.

— Ce n'est pas un chien banal. Même dans les coins les plus ravagés, il arrivait à trouver de quoi manger. Surtout, il savait y faire avec les gradés. La plupart des chiens ont fini par avoir des problèmes. Il y en a même qui ont été carrément éliminés à coups de fusil parce qu'ils piquaient dans les réserves. Je ne sais pas où vous étiez mais vous avez dû voir ça aussi.

Dans les discussions de tranchées, il arrivait ainsi que l'on oublie les grades. Cela ressemblait plutôt à ces parties de cartes où le cantonnier interpelle le notaire, sans que personne ne s'en offusque. Dans cette cellule, le juge restait juge, il rédigeait soigneusement son procès-verbal mais l'interrogatoire était aussi une conversation entre camarades que la mort rendrait bientôt égaux.

— J'ai passé la plus grande partie de la guerre avec les Anglais dans la Somme, dit le juge.

— Il y avait des chiens ?

— Quelques-uns. D'ailleurs, quand on m'a chargé de votre affaire, j'ai tout de suite pensé à plusieurs de mes hommes, qui s'étaient attachés à leur animal au point de ne pouvoir supporter la guerre que grâce à sa présence. Ils avaient fini par les considérer comme des frères de combat, des alter ego. Pour tout vous dire et malgré vos provocations verbales, j'ai l'intention de rédiger mon compte rendu dans ce sens. Au fond, vous avez créé avec ce chien des relations de compagnons d'armes. Expliqué comme ça, on vous pardonnera, j'en suis sûr.

Morlac se redressa et jeta violemment sa cigarette contre le mur, au fond de la cellule. Il avait l'air furieux. La guerre, qui l'avait privé des expressions douces de la joie ou du plaisir, avait visiblement développé en lui la capacité d'exprimer la colère et même la haine. L'officier connaissait ces réactions de combattants mais, dans le cas présent, il ne s'y attendait pas et, surtout, il n'en cernait pas le motif.

— Je ne veux pas que vous écriviez ça, vous m'entendez ! criait Morlac. C'est faux, tout simplement. Je ne signerai jamais une déclaration comme ça.

— Tout doux ! Qu'est-ce qui vous prend ? fit Lantier avec un soupir de mauvaise humeur.

— Je n'ai pas fait ce que j'ai fait parce que j'aime mon chien. Et même, c'est le contraire.

— Vous ne l'aimez pas ?

— Que je l'aime ou non, ce n'est pas la question. Je n'ai pas fait ça pour lui, je vous dis.

— Pour qui, alors?

— Pour qui? Mais pour vous, tiens, pour les gradés, les hommes politiques, les profiteurs. Pour tous les imbéciles qui les suivent, qui envoient les autres à la guerre, et aussi pour ceux qui y vont eux-mêmes. Je l'ai fait pour ceux qui croient à ces balivernes : l'héroïsme ! la bravoure ! le patriotisme !...

Il s'était mis debout, en criant ces derniers mots. La couverture était tombée par terre et c'était vêtu de son caleçon et de son maillot de corps qu'il vociférait, en jetant à l'officier des regards mauvais. Il était à la fois ridicule, pathétique et inquiétant car on sentait que la colère pouvait le conduire à des actes extrêmes, que rien ni personne ne le retiendrait d'accomplir.

Lantier, après un moment de stupeur, retrouva ses instincts d'officier. Il referma le dossier en le faisant claquer, se leva, raide, et, avec l'autorité dont dispose aisément un homme habillé, de surcroît en uniforme, par rapport à un homme nu, il dit d'une voix forte :

— Calmez-vous, Morlac ! Vous en prenez trop à votre aise. Ne vous méprenez pas sur ma bonté. Elle a des limites.

— Vous voulez me faire parler, je parle.

— Et ce que vous dites est inacceptable. Vous aggravez votre cas. Non seulement vous n'atténuez pas le geste qui vous a conduit ici, mais vous y ajoutez des outrages à un officier et des insultes à la Nation.

— Je ne lui ai que trop sacrifié, à la Nation. Ça me donne le droit de lui dire certaines vérités.

Il ne se démontait pas. Tout dépenaillé qu'il fût, Morlac tenait tête au juge et lui répondait du tac au tac. Voilà ce qu'avaient produit quatre ans de guerre : des hommes qui n'avaient plus peur, qui avaient survécu à tellement d'horreurs que rien ni personne ne leur ferait baisser les yeux. Heureusement, il n'y en avait pas tant. Le juge préféra couper court plutôt que de continuer une discussion qui portait atteinte à l'autorité qu'il représentait.

— Reprenez vos esprits, mon vieux. Nous en resterons là pour aujourd'hui.

Dujeux, le geôlier, avait dû s'approcher en entendant des éclats de voix. Il jaillit de derrière la porte, lança un regard noir à Morlac et raccompagna l'officier en faisant sonner ses clefs contre le métal des portes.

Dehors, le chien avait recommencé à hurler.

*

Lantier du Grez avait ses bureaux à Bourges dans le bâtiment Louis XIV en plein centre-ville que les gens du lieu appelaient la caserne Condé. Il s'y plaisait, en attendant mieux. Sa femme était restée à Paris avec leurs deux enfants et il espérait une mutation pour pouvoir enfin les rejoindre.

Tant qu'il n'avait pas terminé l'instruction de l'affaire Morlac, il n'était malheureusement pas question qu'il rentre, ni à Bourges ni à Paris. Pour la durée de son enquête, il s'était logé dans un modeste hôtel pour voyageurs de commerce, près de la gare. Le lit en cuivre grinçait et les serviettes étaient usées jusqu'à la trame. Le seul moment agréable dans cet établissement était le petit déjeuner. La patronne, qui était une veuve de guerre, tenait une ferme avec sa sœur à la sortie de la ville. Le beurre, le lait et les œufs venaient de là. Elle cuisait son pain elle-même et préparait ses confitures.

À sept heures et demie du matin, on sentait déjà qu'il allait faire chaud. Le juge avait déjeuné près de la fenêtre grande ouverte. Il pensait à ce diable d'homme et à son chien. À vrai dire, il n'avait pas cessé d'y penser depuis la veille.

Il avait fallu qu'il le quitte rudement. Il ne pouvait pas se laisser insulter, eu égard à ce qu'il représentait. Mais, en lui-même, il ressentait une étrange fascination pour ce petit personnage têtu.

Pendant cette guerre interminable, Lantier était passé par toutes sortes de sentiments. Il avait commencé comme un jeune idéaliste de sa classe sociale (un bourgeois, malgré son patronyme de petite noblesse). Seules comptaient au début la Patrie et, avec elle, toutes les grandes idées : l'Honneur, la Famille, la Tradition. Il pensait qu'il fallait leur soumettre les individus, leurs misérables intérêts particuliers. Et puis, dans les tranchées, il les avait côtoyés, ces individus, et il avait quelquefois pris leur parti. C'était au point où il s'était demandé, à une ou deux reprises, si leurs souffrances n'étaient pas plus respectables que les idéaux au nom desquels on les leur infligeait.

Quand, après l'armistice, on l'avait nommé juge militaire, Lantier y avait vu une coïncidence heureuse. Dans les bureaux, on avait dû sentir qu'il était mûr pour cet exercice difficile : protéger l'institution militaire, défendre les intérêts de la Nation et, également, comprendre les faiblesses des hommes.

Mais ce prisonnier était différent. Il appartenait aux deux côtés : c'était un héros, il avait défendu la Nation et, en même temps, il la vomissait.

Toute la matinée, le juge avait flâné dans la ville. Il s'était arrêté dans un bistrot, devant l'église abbatiale, et avait mis en forme les notes qu'il avait prises la veille à la prison.

Il ne comptait pas revoir Morlac avant l'après-midi. Il fallait lui laisser le temps de se calmer et de réfléchir, même s'il n'y croyait guère.

Quand midi sonna au clocher, la torpeur était complète dans les rues. Lantier traversa la ville pour aller déjeuner dans un restaurant qu'il avait repéré, près du marché couvert. Dans toutes les maisons, les persiennes étaient fermées pour garder la fraîcheur des pièces. Derrière des portails de fer, il entendait des bruits de vaisselle et des voix de femmes qui venaient des jardins : on s'apprêtait à déjeuner dehors.

Le restaurant était désert, à l'exception d'une table, au fond, qu'occupait un vieillard. Lantier du Grez s'installa à l'autre bout de la banquette, du côté de la fenêtre. La pièce était haute de plafond, avec des stucs jaunis de graisse sur les murs et de grands miroirs au mercure tout écaillés. Le patron avait déroulé le store de toile au-dessus de la terrasse et ouvert tout ce qu'il pouvait ouvrir, portes, fenêtres, impostes, pour faire du courant d'air. Mais la vapeur chargée de friture qui montait des cuisines réduisait à néant tous ces efforts et il faisait très chaud.

La nourriture proposée était la même tout au long de l'année, essentiellement composée de plats lourds adaptés aux jours de pluie. Lantier commanda un lapin chasseur, en espérant sans y croire que la sauce ne serait pas trop grasse.

Il demanda un journal et le patron lui en apporta un daté de l'avant-veille. Il lut les titres, qui concernaient pour la plupart la prouesse de l'aviateur Charles Godefroy, qui avait fait passer son avion sous l'Arc de triomphe.

— Vous êtes ici pour Morlac, n'est-ce pas ?

Le juge regarda le vieil homme qui l'avait interpellé. L'autre se souleva légèrement de la banquette, en esquissant un salut.

— Norbert Seignelet, avoué.

— Enchanté. Commandant Lantier du Grez.

Il avait eu un avoué dans sa section, quand il était lieutenant. C'était un personnage vétilleux, revendicatif, toujours en train de négocier sur l'interprétation du règlement, afin d'en faire le moins possible. Pourtant, à la première offensive, il était sorti de la tranchée devant les autres et avait été tué à deux mètres du pare-éclats.

— En effet, je suis venu instruire l'affaire Morlac. Vous le connaissez ?

— Hélas, mon commandant, je connais tout le monde dans cette ville et même dans cette région. C'est le fait de mon métier et de mon âge. J'ajoute que dans ma famille nous exerçons cette charge depuis cinq générations.

Lantier opina mais, comme le lapin arrivait tout fumant, il s'occupa de sortir les morceaux de la cassolette, sans mettre trop de sauce.

— Quand je l'ai vu passer le 14 juillet avec son chien, j'étais loin de me douter...

L'avoué formait une mimique prudente qui pouvait tout à la fois se transformer en expression d'indignation ou en franc sourire, selon la piste que tracerait son interlocuteur. Mais Lantier, qui avait attaqué son lapin, choisit de ne pas l'aider.

— Et qu'est-ce que vous en avez pensé ?

L'homme de loi plissa les yeux et le regarda par en dessous.

— J'ai été très surpris. Je ne m'attendais pas à ça de sa part.

— Que savez-vous de ce Morlac ?

— Avant la guerre, il était absolument sans histoire. Je connaissais la famille de vue. Le père était un laboureur, très pieux, très travailleur. Avec sa femme, ils ont eu onze enfants mais il n'y en a que deux qui sont restés vivants, ce Jacques qui est en prison, et Marie, une sœur plus jeune de quatre ans. Les deux sont malingres, à voir comme ça. Mais il ne faut pas s'y fier. C'est tout de même eux qui ont survécu.

— Il a reçu de l'instruction?

— Peu. Dans ces coins-là, ce n'est pas l'usage, surtout quand il n'y a pas beaucoup d'enfants dans la famille. Le curé lui a fait la classe, histoire de lui apprendre à lire et à compter. Ensuite, il a été aux champs, pour aider son père.

Lantier hochait la tête mais, à vrai dire, il était surtout occupé à sortir de sa bouche les éclats d'os qui restaient dans la viande. Il n'aimait pas penser à la manière dont les bêtes qu'il mangeait avaient été tuées. Pourtant, là, il ne pouvait s'en empêcher.

— Pas d'amis? Aucun engagement politique?

— Il connaissait quelques gars aux environs. Il les voyait les jours de marché et de temps en temps dans les bals, même s'il n'y allait guère. Pour ce qui est de la politique, c'est assez calme, ici, vous savez. Les gens votent comme les curés. Il y a bien une poignée d'agitateurs, surtout des instituteurs et des cheminots, qui se réunissent dans un café à côté de la gare. Près de votre hôtel, tenez.

— Vous savez à quel hôtel je suis descendu?

L'avoué haussa les épaules et ne se donna pas la peine de répondre autrement que par un sourire.

— Et depuis qu'il est rentré de la guerre?

— On ne l'avait presque pas remarqué, sauf ce fameux jour... Il logeait dans un meublé. Comme sa sœur est mariée et qu'il n'aime pas trop son beau-frère, il n'a pas remis les pieds dans sa ferme. Mais ça n'est pas très surprenant. Beaucoup d'anciens combattants sont devenus complètement sauvages.

L'officier prit ce commentaire pour lui. Après tout, il était un ancien combattant, lui aussi. Et s'il y réfléchissait, il devait admettre qu'il ne voyait plus grand monde et qu'on devait lui trouver des bizarreries.

— Il a une femme ?

— C'est un mystère. Il n'a jamais vécu avec personne. Mais il y a une fille, dans un petit village près d'ici, dont on a prétendu un moment qu'elle était sa bonne amie. Vous savez ce que c'est : les gens parlent, mais qu'en est-il ?

— Comment se nomme-t-elle ?

— Valentine. Elle habite en bordure du hameau de Vallenay.

— Elle a une famille ?

— Non, ils sont tous morts au cours d'une épidémie de rougeole. Elle a hérité d'une petite propriété qu'elle a mise en fermage. Ça lui rapporte un peu, et puis elle fabrique des paniers d'osier. Ah, j'oubliais. Elle a un enfant.

— De quel âge ?

— Trois ans, je crois.

— Il est de Morlac ?

— On n'en sait rien.

— Mais il était à la guerre...
— Il est revenu en permission.

Lantier était arrivé à bout de son lapin. Avec la sauce et la chaleur, il lui venait une suée. Il déboutonna son gilet et s'épongea. Les heures qui s'annonçaient allaient être pénibles. Mieux valait rentrer s'allonger et dormir.

L'avoué n'avait plus grand-chose à lui apprendre mais il voulait être payé de ses confidences en se faisant raconter des secrets d'état-major. Il en fut pour ses frais parce que le juge, en bâillant, régla et prit congé sans remettre sa veste.

III

Le temps de digérer le lapin chasseur, il était près de quatre heures de l'après-midi quand Lantier, encore barbouillé, sortit de l'hôtel et gagna la prison. Il connaissait maintenant assez la ville pour prendre un raccourci et rejoindre l'ancienne caserne sans faire de détours.

Il eut d'abord l'impression que le chien n'aboyait plus. Mais c'est qu'il arrivait par une autre rue, sur l'arrière du bâtiment. Quand il tourna le coin, il l'entendit. Il lui sembla que l'animal criait moins fort. C'était sans doute la fatigue. Le geôlier lui dit qu'en trois jours le chien ne s'était tu qu'une seule fois, au moment de la visite du juge la veille.

— Il gueule la nuit aussi ?

— La nuit aussi, confirma Dujeux, en frottant ses yeux bouffis par l'insomnie.

— Et les gens du quartier ne disent rien ?

— D'abord, il n'habite pas grand monde dans ce quartier. Ensuite, je crois, sauf votre respect, mon commandant, qu'on ne voit pas les militaires d'un très bon œil par ici. Bien sûr, les gens disent qu'ils sont fiers des maréchaux et ils fêtent les poilus. Mais ils se souviennent aussi que les gendarmes sont venus les chercher dans les fermes et que les officiers tiraient sur ceux qui mollissaient. Il faut savoir que pendant quatre ans cette prison était pleine de types qui passaient en conseil de guerre parce qu'ils avaient voulu se planquer.

— Vous êtes en train de me dire que les gens prennent le parti de ce Morlac ?

— Pas de lui en particulier mais, vous comprenez, c'est le dernier prisonnier. Et puis, son histoire de chien, ça a attendri le monde. La nuit, j'ai aperçu des ombres qui se faufilaient pour venir lui donner à manger, au cabot.

L'officier se fit introduire chez Morlac. Cette fois, il ne dormait pas. Il était habillé et lisait, assis par terre pour profiter d'un rai de lumière chargé de poussière qui traversait la cellule.

— Vous m'avez l'air calmé. Nous allons pouvoir reprendre.

Lantier s'assit à la même place que le jour précédent, sur un des châlits.

— Asseyez-vous en face de moi, je vous prie.

Le prisonnier se leva lentement, posa son livre sur le bord du bat-flanc et s'installa. Dans ses vêtements civils, il avait moins l'allure d'un fou qu'on visite à l'hôpital.

— Que lisez-vous ? Je peux voir ?

Le juge se pencha pour saisir le livre. C'était un

in-quarto aux coins usés. Le bord des pages était corné. Le volume avait dû traîner dans bien des poches et prendre l'eau plusieurs fois.

— Victor Hugo. *Han d'Islande.*

Lantier leva les yeux et dévisagea le petit paysan buté qu'il avait devant lui. Il crut apercevoir un sourire sur ses lèvres. Mais aussitôt, il avait repris sa mine de prévenu boudeur, les yeux fixes, mauvais.

— Il me semblait que vous n'aviez pas été à l'école.

— C'est ça, mon école, fit Morlac, en désignant le livre du menton. Et la guerre, aussi.

Le juge reposa le livre et inscrivit une note dans son carnet. Il ne se sentait pas très à l'aise pour poursuivre l'interrogatoire sur ce terrain. En fait de littérature, il aimait les Grecs et Cicéron, Pascal et les classiques. Parmi les contemporains, il n'avait lu que ceux qui exaltaient la Patrie, Barrès surtout. Chez lui, on vénérait à la fois la monarchie et l'Empire, c'est-à-dire l'autorité. Et l'on méprisait la République, dont Victor Hugo était le barde.

— Reprenons où nous en sommes restés, dit Lantier, en consultant ses notes. Vous étiez en Champagne. Vous avez eu une permission pendant les six mois que vous avez passés là-bas ?

— Oui.

— Et vous êtes venu ici ?

— Oui.

— Avec votre chien ?

— Non, il m'a attendu là-bas. Les gars se sont occupés de lui.

— Ensuite, on vous a affecté à l'armée d'Orient. Et là, il vous a suivi ?

— Mon régiment est d'abord descendu à Toulon par le train. Le chien était avec nous. Mais j'étais sûr qu'il n'irait pas plus loin. Tant qu'on est restés en cantonnement, ça allait encore pour lui. Mais sur le port, c'était autre chose. Dans l'Arsenal, les fusiliers marins faisaient la guerre aux animaux et ils n'hésitaient pas à leur tirer dessus. Dès le deuxième jour sur les quais, le chien avait disparu.

— Vous avez embarqué sur un bateau militaire ?

— Non, sur un cargo réquisitionné : le *Ville d'Oran*. C'était un vieux rafiot tout rouillé qui faisait la navette avec les colonies avant la guerre. On est restés quatre jours dedans avant d'appareiller. Ça sentait l'huile de palme et le crottin, parce qu'il y avait une cinquantaine de chevaux dans les soutes, pour les gradés. Tout le monde vomissait et, pourtant, on n'était pas encore en mer.

— Et le chien était à bord ?

— On ne l'a pas su tout de suite. C'est ça qui est incroyable. Il avait dû comprendre que tant qu'on était à quai il ne devait pas se montrer. Il est sorti de son trou le deuxième jour de la traversée.

— Les officiers ne l'ont pas jeté à l'eau ?

— Les officiers, on ne les voyait pas, siffla Morlac.

Il avait repris un instant son œil mauvais pour regarder le juge.

— Ils étaient dans le carré, avec le capitaine, sans doute pour ne pas se montrer en train de dégobiller.

— Les sous-offs, alors ?

— Il est malin, je vous l'ai dit, ce chien. Quand il s'est montré, il tenait un rat dans la gueule. Comme, en quatre jours, on avait eu le temps de constater qu'il y avait plein de vermine dans le navire, tout le monde a été content qu'il vienne faire un peu le ménage dans les cales.

— C'est devenu le chien du régiment ?

— Non, parce que lui ne se considérait pas comme ça. Il a toujours compris qu'il était mon chien. Il se couchait à mes pieds, dormait à côté de moi, et si quelqu'un m'approchait avec un air mauvais, il grognait.

Il y avait quelque chose de curieux dans le ton qu'adoptait Morlac. Il parlait volontiers de son chien et en des termes favorables. Mais on ne décelait aucune chaleur dans sa voix. Plutôt du mépris ou du regret. On aurait dit qu'il jugeait sévèrement les qualités qu'il évoquait.

— Vous lui avez donné un nom ?

— Pas moi. Les autres. Depuis qu'il avait sauté dans le train, les gars, pour rigoler, l'appelaient Guillaume. À cause du Kaiser.

— J'avais compris, fit Lantier, un peu vexé.

Il nota le nom du chien et, pendant ce blanc dans l'interrogatoire, il remarqua que la bête, de nouveau, s'était tue.

— À Salonique, comment cela s'est-il passé, pour « Guillaume » ?

— Vous n'auriez pas une cigarette ?

Cette fois, le juge avait prévu le coup. Il s'était muni d'un paquet de gris et de feuilles. Morlac s'occupa les doigts à rouler. Comme tous les poilus, il s'entendait à cet exercice. Mais on voyait qu'il faisait exprès d'aller lentement car le premier objectif, là-bas, était de faire passer le temps.

— Salonique, reprit-il sans lever les yeux de son ouvrage, c'était un drôle d'endroit.

Il avait formé une cigarette dodue et il la pétrissait entre ses doigts noircis par les travaux manuels.

— Je n'ai jamais vu autant de gens différents. Des Français, des Anglais, des Italiens, des Grecs, des Serbes, des Sénégalais, des Annamites, des Arméniens, des Albanais, des Turcs.

— Mais c'était un général français qui commandait le corps expéditionnaire, non ?

— Qui commandait ! Il commandait quoi ? Je vous le demande. Personne ne parlait la même langue. Personne ne savait ce qu'il devait faire ni où il devait aller. Et sur le port, c'était pire que tout. Un chien, là-dedans, n'avait aucun souci à se faire. C'était même le paradis. Des tas d'ordures sur les quais, des carcasses de toutes sortes d'animaux qui pourrissaient au soleil, des gens qui mangeaient assis par terre, en jetant leurs os ou leurs épluchures derrière eux : il n'avait même plus besoin de courir après les rats.

— Vous n'êtes pas restés sur le port ?

— Si, pendant quelques jours, le temps de tout débarquer avec de vieilles grues qui se coinçaient sans arrêt. Les officiers s'agitaient sur leurs chevaux. L'état-major envoyait des ordres et des contrordres. Personne n'y comprenait plus rien.

— Ensuite, on vous a affectés à Salonique même ?

— Pensez-vous ! On nous a fait défiler dans la ville, avec musique et drapeaux. On était contents parce que c'était une belle ville, au moins dans les quartiers du centre. Il y avait de grandes avenues, avec des palmiers, des platanes. Mais après, il a fallu traverser des faubourgs crasseux et finalement on s'est retrouvés dans la campagne, à marcher vers le nord. En marchant, on soulevait une poussière du diable et elle ne retombait pas. Remarquez, quand on fait la guerre dans l'infanterie, il faut s'attendre à tout endurer.

En disant cela, il avait baissé les yeux, comme pour cacher son trouble. Lantier se sentit tout à coup très proche de lui. Des images de marches interminables et de veilles épuisantes, des souvenirs de peur atroce, de faim, de froid, de soif, l'assaillirent en désordre. Pendant le silence qui se fit, il eut l'impression que l'autre frissonnait.

— Enfin, conclut sobrement Morlac, disons qu'il faisait chaud.

Il tira une longue bouffée de sa cigarette.

— Il y avait un grand camp au nord de la ville, dans la plaine. Il était bien organisé mais on n'a fait qu'y passer. Chaque fois qu'on arrivait quelque part, on pensait que c'était fini, qu'on allait s'installer. Mais on repartait toujours et toujours vers le nord. Le terrain devenait de plus en plus montagneux, avec des routes pleines de cailloux, et il fallait monter le matériel là-dedans. On voyait bien où ils voulaient en venir : pour nous, ce serait le front.

— Il était loin de Salonique, le front ?

— Qu'est-ce qu'on en savait, au début ? Heureusement, il y avait des types qui redescendaient et qui nous parlaient des combats. C'est seulement comme ça qu'on a appris que la Serbie avait cédé, qu'elle était occupée par les Autrichiens et les Bulgares et qu'on remontait pour essayer de la reprendre. On apprenait ça au hasard, par bouts, et, au milieu, il y avait plein de rumeurs. On ne distinguait pas le vrai du faux. À Salonique, on avait entendu parler de l'offensive de printemps. On a fini par comprendre qu'elle était retardée et que c'était maintenant qu'elle allait commencer. Elle allait peser sur nous en direct. C'est pour ça que tout le monde savait déjà à quoi s'en tenir quand on a été envoyés en première ligne.

La soupe était arrivée. Elle était préparée à l'hôpital avec celle des malades et un aide-soignant en livrait quatre assiettées dans un bidon à la prison : deux pour le détenu et deux pour Dujeux. Celui-ci était mortifié de déranger l'officier mais la soupe était à ses yeux un véritable cas de force majeure : il aimait manger chaud et, tant que le prisonnier n'était pas servi, il avait ordre de ne toucher à rien. Lantier suspendit son interrogatoire et quitta la prison en se disant qu'il ne ferait pas le lendemain l'erreur d'arriver aussi tard.

*

Le juge avait très mal dormi. Un groupe de fêtards avait braillé sous sa fenêtre au milieu de la nuit et il n'avait pas pu trouver le sommeil ensuite. Il pensait à ce Morlac, à son refus de saisir les perches qu'il lui avait tendues. Pourquoi n'acceptait-il pas de dire qu'il était ivre ? Pourquoi ne pas avouer qu'il nourrissait une véritable passion pour son chien et que cela lui avait fait perdre un instant la tête ? Il écoperait d'une peine légère et on n'en parlerait plus.

En même temps, Lantier, sans trop savoir pourquoi, lui était reconnaissant de ne pas céder. Depuis qu'on l'avait nommé juge, il avait vu beaucoup d'affaires simples : parfaits coupables ou vrais innocents. Ce n'était pas très intéressant et, dans ces cas-là, il mettait toute son énergie à rendre l'affaire plus compliquée, à chercher la part d'idéalisme du coupable et la noirceur de l'innocent.

Avec Morlac, il sentait qu'il avait affaire à un prévenu plus difficile, dans lequel se mêlaient le bien et le mal. C'était agaçant, révoltant même, si l'on y songeait. Mais, au moins, il y avait un mystère à percer.

Il se leva avant le jour. Le rez-de-chaussée de l'hôtel était plongé dans l'obscurité mais il y avait de la lumière derrière la porte vitrée de l'office. Georgette, la vieille cuisinière de l'hôtel, tisonnait le fourneau. Elle le fit asseoir au coin de la table couverte de faïence sur laquelle on déposait les plats.

— Le hameau de Vallenay, vous connaissez ?

— C'est à trois kilomètres, sur la route de Saint-Amand.

— Quelqu'un pourrait-il m'emmener là-bas, ce matin ?

— À quelle heure comptez-vous revenir ?

— Pour le déjeuner.

— En ce cas, prenez le vélo qui est dans la cour. Madame le prête de temps en temps aux clients qui veulent visiter les environs.

Quand Lantier se mit en route, le soleil filtrait à travers les bouchures, comme une pelote d'épines brillantes. Passé la gare, il fut tout de suite dans la campagne et c'était plus animé qu'en ville. Des carrioles circulaient sur la route, des chevaux attelés commençaient à travailler dans les champs. On entendait les claquements de langue des paysans qui les faisaient avancer. Dans le ciel encore frais, les hirondelles volaient en cercles affolés.

Après une longue côte, la route redescendait vers une large plaine semée d'étangs. Ils se déversaient les uns dans les autres. L'hiver, ils donnaient encore plus d'humidité au voisinage. Des saules poussaient sur leurs rives et les champs alentour étaient griffés d'ajoncs, car ils étaient inondés six mois par an. Mais avec cette canicule, le lieu devenait frais, ombragé et moins sec que la ville.

En interrogeant un vieux charretier, le juge avait facilement découvert la maison où habitait Valentine. Il fallait suivre un sentier qui longeait le dernier étang. Même en plein été, le chemin plongeait par endroits dans une boue noire et grasse, et on devait sauter sur des pierres qu'on y avait jetées. Lantier cacha le vélo dans un fourré d'aubépines et continua à pied.

Valentine était dans son potager, un grand carré de terre qu'elle retournait à la main depuis des années. Cela lui faisait des doigts noueux et noirs aux ongles. Elle ne parlait jamais à quelqu'un sans croiser les mains derrière le dos, pour les cacher.

Quand elle vit le militaire remonter le sentier qui conduisait chez elle, elle lâcha son panier et se redressa, les mains jointes sur les reins.

Lantier du Grez s'arrêta à trois pas d'elle et ôta son calot. Sous le soleil, son uniforme paraissait usé et presque violent, tant il était déplacé de se vêtir de la sorte par une telle chaleur. Cela ne pouvait venir que d'une volonté mauvaise de se séparer des hommes et d'incarner l'autorité. Maintenant que la guerre était finie, c'était surtout ridicule.

— Vous êtes... Valentine.

L'avoué avait donné un prénom. C'était suffisant pour la trouver mais, au moment de l'aborder, cette ignorance prenait des allures de familiarité et il rougit.

C'était une grande fille maigre. Elle avait beau être vêtue d'une pauvre robe en toile bleue, elle n'avait pas l'air d'une fermière. Ses longs bras nus, ruisselant de veines épaisses, ses cheveux bruns sans apprêt, taillés avec les mêmes ciseaux sans doute qu'elle appliquait à ses moutons, son visage osseux, tout en elle évoquait non la nature paisible mais plutôt le supplice qu'elle peut faire endurer quand elle est rude et qu'il faut en tirer sa subsistance. Les outrages de l'hiver et du travail n'avaient pourtant pas fait disparaître la beauté et la noblesse du corps qu'ils offensaient. Ces qualités, combattues de toute part, s'étaient repliées dans ses yeux. Valentine avait un regard noir mais brillant, droit, clair dans sa manière non seulement de contempler l'autre mais de lui ouvrir tout grand le chemin d'une âme. Malgré la misère de son apparence, elle proclamait par ce regard qu'elle acceptait sa condition mais aussi qu'elle ne s'y résignait pas. C'était plus que de la fierté : du défi.

En entendant des voix, un enfant était sorti sur le seuil de la maison. D'un signe, Valentine lui commanda de disparaître. Le gamin détala en direction de la forêt.

— Que me voulez-vous ?

Pendant les quatre années de la guerre, la visite d'un militaire avait toujours été le signe de la mort. Il en restait quelque chose. Lantier s'efforça de sourire et de se montrer aimable. Il présenta ses noms et qualités. Le mot de justice militaire fit tressaillir la jeune femme.

— En quoi suis-je...

— Vous connaissez Jacques Morlac ?

Elle fit oui de la tête, en jetant un coup d'œil vers l'orée du bois, comme pour s'assurer que l'enfant n'y était plus. Le soleil était déjà haut dans le ciel et la chaleur avait envahi les derniers retraits de fraîcheur. Lantier sentait la sueur couler sous ses aisselles.

— Y a-t-il un endroit où nous pourrions discuter ?

Il voulait dire « à l'ombre ».

— Venez, dit-elle, en le conduisant vers la maison.

La porte était grande ouverte. En quittant la lumière du dehors, Lantier mit un instant à s'habituer à l'obscurité de la pièce. Il trébucha sur les tommettes irrégulières et se retint à l'angle d'un grand buffet. Valentine lui proposa une chaise et il s'assit, un coude sur la table. Elle apporta une cruche d'eau et une bouteille de sirop. Le bouchon était collé de sucre et Valentine fit un geste de la main pour écarter les mouches.

Lantier, sans trop le laisser voir, contemplait la pièce et s'étonnait. Ce n'était pas l'intérieur d'une paysanne. Bien sûr, on était à la campagne : des bouquets d'herbes sèches pendaient au plafond, les étagères, à côté de la cheminée, étaient emplies de bocaux, confitures et conserves en tous genres, des fromages et des salaisons exhalaient leurs parfums derrière le grillage d'un garde-manger. Mais à cela s'ajoutaient des détails qui détonnaient. D'abord, les murs étaient couverts de reproductions. C'était pour la plupart des illustrations découpées dans des revues. L'humidité avait gondolé le papier et les encres s'étaient brouillées. Mais on reconnaissait des chefs-d'œuvre, comme le *David* de Michel-Ange ou *La Bataille de San Romano*. Il y avait aussi d'autres images moins connues, des visages, des nus, des paysages, et en bonne place figuraient même des tableaux de cette avant-garde cubiste que Lantier avait en horreur.

Mais surtout, occupant un mur entier, il y avait des livres.

L'officier avait une furieuse envie de se lever et d'aller regarder les couvertures, pour voir de quoi il s'agissait. De loin, il pouvait déjà remarquer que ce n'était pas des romans de midinette. Ils étaient en majorité recouverts d'austères jaquettes de couleur terne et non pas des couvertures bariolées des éditions populaires.

Valentine s'assit à son tour et braqua son regard sur lui. Elle souriait mais la gravité de ses yeux ôtait à ce sourire toute chaleur. Lantier but une gorgée de sirop pour reprendre contenance.

IV

— Je suis chargé d'instruire le cas d'un soldat qui est emprisonné en ville et que vous connaissez.

Valentine avait bien compris mais sa seule réaction fut de cligner des yeux. Elle était très maîtresse d'elle-même.

— Il se nomme Jacques Morlac.

C'était un peu stupide de le présenter car ils savaient l'un et l'autre à quoi s'en tenir. Le juge s'en voulut d'entrer dans ce jeu. Et pour se prouver qu'il résistait, il sauta une case et demanda directement :

— Comment l'avez-vous rencontré ?

— Sa ferme n'était pas loin d'ici.

— Je croyais...

— Oui, par la route, c'est assez long. Mais il y a un chemin qui coupe par les étangs et qui tombe dessus en dix minutes.

— En somme, vous l'avez toujours connu.

— Non, parce que je ne suis pas née ici. J'avais quinze ans quand je suis arrivée.

— On m'a dit que votre famille avait été décimée par une épidémie de rougeole.
— Ma sœur et ma mère seulement.
— Votre père ?
Elle baissa les yeux et pinça le tissu de sa robe au-dessus du genou. Puis elle releva la tête et regarda de nouveau l'officier bien en face.
— De maladie.
— La rougeole n'est-elle pas une maladie ?
— Une autre.
Il sentait qu'il y avait là un malaise et un secret mais il ne chercha pas à forcer ses confidences. Après tout, c'était une rencontre et non un interrogatoire. Il n'avait aucun intérêt à la mettre encore plus sur la défensive.
— Donc, vous êtes arrivée après la mort de vos parents. Pourquoi vous a-t-on envoyée ici ?
— Mes parents avaient des terres dans les environs. Et une de mes grands-tantes vivait dans cette maison. Elle m'a recueillie. Deux ans après, quand elle est morte, je suis restée seule.
Il flottait dans la pièce, couvrant mal l'odeur de bûches froides et de salpêtre, un parfum d'eau de Cologne, sans doute faite maison, comme on en trouve chez les vieilles filles et dans les couvents.
— Où habitiez-vous avec vos parents ?
— À Paris.
C'était donc cela. Son malheur n'était pas de vivre dans cette campagne et pauvrement, mais d'avoir connu et espéré autre chose. Elle était en

exil dans ce lieu isolé. Les reproductions et les livres étaient les objets qu'elle avait pu sauver du naufrage.

— À quel âge avez-vous connu Morlac?
— À dix-huit ans.
— Comment?

À l'évidence, cette question lui parut indiscrète. Mais elle se força à y répondre comme au reste. Lantier avait l'impression qu'elle était très aguerrie à ce jeu et que sa sincérité n'était qu'un écran, destiné à cacher l'essentiel.

— J'avais encore des bêtes, à ce moment-là, et il me fallait de la paille. Je suis allée chez lui pour en acheter. Il faut croire qu'on s'est plu.
— Pourquoi ne vous êtes-vous pas mariés?
— On attendait que j'aie l'âge. Et puis, la guerre est arrivée et il est parti.
— Avec le chien?

Elle éclata de rire. Il ne l'aurait pas crue capable de rire de la sorte, sans retenue, avec, sur le visage, une expression fugace mais très visible de jouissance. Il se dit qu'elle devait aimer avec cette force et il en fut troublé.

— Oui, avec le chien. Mais qu'est-ce que ça peut faire?
— Vous savez ce dont il s'est rendu coupable.
— Oh, ça?

Elle haussa les épaules.

— C'est un héros, non? Je ne comprends pas pourquoi on l'embête pour une peccadille.

Elle avait prononcé « héros » d'une curieuse manière, comme si elle usait d'un vocabulaire emprunté à une langue étrangère.

— Ce n'est pas une peccadille, répondit sèchement Lantier. C'est un outrage à la Nation. Mais, je vous l'accorde, on pourrait prendre en considération ses mérites au combat et passer l'éponge. C'est d'ailleurs ce que je me suis évertué à lui proposer. Encore faudrait-il qu'il ne s'y oppose pas.

— Que voulez-vous dire ?

— Qu'il s'excuse, qu'il minimise l'affaire, qu'il dise qu'il avait bu ou qu'il trouve une autre explication.

— Il refuse ?

— Non seulement il refuse mais il aggrave son cas par des propos irresponsables. On dirait qu'il *veut* être condamné.

Valentine, le regard dans le vague, eut un étrange sourire. Puis elle fit un geste brusque, comme si elle balayait quelque chose sur la table d'un revers de main. Au passage, elle heurta la bouteille de sirop qui tomba par terre. Ce fut le signal de toute une agitation. Elle se leva et Lantier aussi. Elle alla chercher une serpillière sous un placard, ramassa les bouts de verre avec un balai. L'officier voulait se rendre utile mais sans savoir comment. Finalement, il la laissa faire et, comme il était debout, il en profita pour s'approcher des rayonnages cintrés sur lesquels étaient alignés les livres.

Il lut quelques titres au hasard, les plus gros. Il y

avait plusieurs romans de Zola. Il aperçut aussi *La Nouvelle Héloïse* de Rousseau et, sur un autre, sans qu'il en soit sûr, il avait lu Jules Vallès.

— Voilà, dit Valentine, pardonnez-moi. Tout est arrangé. Que disions-nous ?

Elle le poussait vers la table et semblait soucieuse, surtout, de l'éloigner de la bibliothèque. Il revint s'asseoir et réfléchit un long instant avant de reprendre la parole.

— Voyez-vous, madame, l'affaire qui concerne Morlac est sans doute une des dernières dont j'aurai à m'occuper. J'envisage de quitter l'armée et d'entrer dans la vie civile. J'aimerais terminer sur une note encourageante, garder un bon souvenir de ma fonction, en quelque sorte. Si je parvenais à empêcher ce prévenu de courir à sa perte, j'en concevrais une profonde satisfaction et je partirais le cœur plus léger. Vous voyez, c'est très égoïste.

Il avait honte de dire qu'il prenait un intérêt personnel à cette affaire. Mais il y avait longtemps qu'elle l'avait compris.

— Morlac est en effet un héros, poursuivit-il. C'est à des gens comme lui qu'on doit la victoire. Je voudrais le sauver. Mais cela ne peut se faire que contre lui, car il est déterminé à se voir condamner et je ne comprends pas pourquoi. C'est pour cela que je suis venu.

Elle le regardait sans ciller. Elle attendait la suite.

— Puis-je vous poser une question indiscrète mais qui me paraît essentielle ?

Elle ne répondit rien et, comme elle l'imaginait, il n'attendait pas de réponse.

— Votre enfant est-il de lui ?

Elle savait qu'il allait en arriver là.

— Jules est son fils.

— Pour qu'il ait trois ans, il a fallu que vous le conceviez... pendant la guerre.

— Jacques est venu en permission et, pendant le temps qu'il est resté, nous avons fait l'amour presque sans discontinuer.

Lantier se sentait rougir mais il était trop exalté par son sujet pour s'arrêter à cet obstacle de pudeur.

— L'a-t-il reconnu à la mairie ?

— Non.

— Il l'aurait pu.

— Oui.

— Mais il ne l'a pas fait.

— Non.

Lantier se leva brusquement et marcha jusqu'à la porte. Il resta un moment sur le seuil, les yeux écarquillés, brûlés par le soleil. Le gamin était revenu. C'était un petit garçon vêtu de bouts de toile cousus, couleur de terre. Il avait capturé une taupe et la piquait d'un bâton, sans haine mais sans pitié non plus.

— L'avez-vous revu depuis son retour ? demanda-t-il.

— Non.

— Pourtant, il est rentré ici pour vous.

— Je ne crois pas. S'il est revenu, ce doit être pour sa ferme.

— Sauf qu'il n'y a pas remis les pieds. Il vivait dans une chambre meublée en ville.

C'était une des informations qui figuraient dans le rapport des gendarmes. La ferme de Morlac était exploitée par son beau-frère, depuis le mariage de sa sœur. Il n'était même pas allé les voir après son retour. Il s'était installé dans cette pension de famille sous une fausse identité mais la patronne l'avait tout de suite reconnu. Elle avait mis cette bizarrerie sur le compte d'un traumatisme de guerre.

— Je l'ignorais, dit-elle.

— A-t-il cherché à voir son fils ?

— Pas à ma connaissance.

— L'autoriseriez-vous à le faire ?

— Bien sûr.

— Me permettez-vous de le lui dire ?

Elle haussa les épaules.

— Vous allez lui rendre visite en prison ?

— Je n'en sais rien.

On comprenait qu'elle y pensait et depuis longtemps. Quelque chose la retenait et Lantier n'eut pas le cœur de lui demander quoi.

En rentrant sur son vélo, le soleil le frappait sans pitié. Il voyait la roue avant vaciller sous l'effet de la fatigue et de la chaleur.

Il s'en voulait de ne pas avoir posé d'autres questions.

*

Deux heures sonnaient au clocher de l'abbatiale quand Lantier reposa le vélo dans la cour de l'hôtel. Il monta dans sa chambre pour faire une toilette rapide et changer de chemise. Puis il alla jusqu'à la salle à manger où Georgette, la cuisinière, avait laissé son couvert sur une table. Dans un plat recouvert d'un torchon blanc, il découvrit une queue de lotte et de la purée de salsifis. Deux verres de bordeaux absorbés inconsidérément le forcèrent à remonter faire une demi-heure de sieste.

Il était presque trois heures et demie quand il se mit en route pour la prison. La chaleur était un peu retombée. Elle se colorait d'une pointe de vent d'est qui apportait de l'air plus frais et des odeurs de forêt. Il y avait des moments, comme cela, où Lantier se sentait déjà tout proche de la vie civile. Il était pris alors d'une nostalgie anticipée de la condition militaire. Il se disait qu'elle allait lui manquer. Il éprouvait une véritable volupté à traverser la ville sanglé dans cet uniforme que bientôt il ne porterait plus.

Comme il tournait l'angle de la rue Danton, il déboucha dans le grand soleil de la place qui faisait face à la prison. Il faillit trébucher sur un corps étendu en travers du trottoir. C'était Guillaume, le chien de Morlac. Il était couché sur le flanc et sa langue pendait, longue, jusque sur le pavé. Il semblait épuisé par ces journées et ces nuits passées à brailler. Ses yeux étaient brillants de fièvre et enfoncés dans les orbites. Il devait avoir affreusement soif. Lantier se dirigea vers une fontaine située dans un angle de la place à l'ombre d'un tilleul. Il saisit une petite manivelle et actionna la pompe. Le chien, en entendant l'eau couler, se remit debout péniblement et marcha jusqu'à la fontaine. Il but, à coups de langue précis, tandis que Lantier continuait de tourner la petite poignée de bronze qui grinçait.

Quand le chien eut terminé de s'abreuver, le juge s'assit sur un banc près de la fontaine, dans la même ombre. Il se demandait si Guillaume allait revenir sur la place et reprendre ses aboiements. Mais, au contraire, il resta posté devant le banc, les yeux fixés sur l'officier.

De près, l'animal faisait peine à voir. Il avait vraiment l'allure d'un vieux guerrier. Plusieurs cicatrices, sur le dos et les flancs, témoignaient de blessures par balles ou éclats d'obus. On sentait qu'elles n'avaient pas été soignées et que les chairs s'étaient débrouillées pour se rejoindre tant bien que mal, en formant des bourrelets, des plaques dures et des cals. Il avait une patte arrière déformée et, quand il se tenait assis, il devait la poser en oblique, pour ne pas tomber sur le côté. Lantier tendit la main et le chien s'approcha pour recevoir une caresse. Son crâne était irrégulier au toucher, comme s'il avait porté un casque cabossé. Le bord droit de son museau était rose clair et dépourvu de poils, séquelle d'une brûlure profonde. Mais au milieu de ce visage supplicié brillaient deux yeux pathétiques. Guillaume, sous la caresse, ne bougeait pas. On sentait qu'il avait été dressé à ne pas s'agiter, à faire le moins de bruit possible, sauf pour donner l'alerte. Mais ses yeux à eux seuls exprimaient tout ce que les autres chiens manifestent en usant de leur queue et de leurs pattes, en gémissant ou en se roulant par terre.

Lantier observa la manière qu'avait ce vieux cabot de froncer les sourcils en inclinant légèrement la tête, d'ouvrir grand les yeux pour exprimer son contentement ou de les plisser en prenant l'air sournois pour interroger l'être humain auquel il avait affaire sur ses intentions et ses désirs. Ces mimiques, jointes à de petits mouvements expressifs du cou, lui permettaient de couvrir toute la palette des sentiments. Il montrait les siens mais, surtout, il répondait à ceux des autres.

Sur ce banc, agacé de chaleur, le juge sentait une immense lassitude monter en lui. Quatre années à servir la Nation en combattant et deux à défendre l'ordre et l'autorité en condamnant de pauvres bougres l'avaient usé. Tout à l'heure, il avait déjà la nostalgie de la vie militaire ; en cet instant, il regrettait plutôt le vide qu'elle avait laissé en lui. Serait-il jamais capable de faire autre chose ?

Le chien avait dû sentir son découragement. Il s'était approché et avait posé son museau sur son genou. Sa respiration s'était ralentie. Il soufflait douloureusement.

Lantier le caressait toujours. Sa main glissait affectueusement sur le cou musculeux de l'animal ; elle lui grattait les oreilles et il secouait la tête de bonheur.

Lui aussi avait eu un chien, autrefois. Il se nommait Corgan et Lantier se souvenait des longs câlins qu'ils se faisaient, sur le perron de la propriété de ses parents dans le Perche. C'était un chien de race, bien soigné et bien nourri celui-là, un pointer à la robe noir et blanc. Mais il y avait en lui le même dévouement, et l'été de ses treize ans Hugues Lantier avait eu l'occasion d'en prendre la mesure.

À cette époque, la famille Lantier passait les beaux jours dans ce domaine des bords de l'Huisne et rentrait à Paris vers le mois d'octobre. Seul le père ne pouvait pas s'absenter aussi longtemps. Il était fondé de pouvoir dans une banque qui avait son siège rue Laffitte et il regagnait Paris début août. Hugues restait avec ses deux sœurs plus jeunes et sa mère dans la propriété.

La famille commençait à connaître des difficultés financières et, peu de temps après, elle serait obligée de vendre ce bien hérité d'un oncle. En attendant, on avait réduit le personnel à une cuisinière et un vieil intendant qui s'occupait des courses avec sa carriole.

Un jour d'automne, des voleurs étaient entrés à la nuit tombée, simplement en franchissant le mur d'enceinte qui, par endroits, était presque écroulé. C'était une bande d'écumeurs qui ne craignait rien ni personne et ne restait jamais au même endroit. Ils étaient trois et obéissaient à un chef, un grand garçon blond avec une barbe en broussaille.

Ils firent irruption dans le salon à l'heure du dîner. Le chef, en poussant des cris, avait rassemblé la mère d'Hugues et ses deux filles dans un angle de la pièce. Ses compères avaient amené la cuisinière et le vieux domestique et ils les avaient poussés dans le même coin. Le troisième homme les avait attachés avec de la corde à linge et les avait alignés par terre côte à côte, derrière le piano. Seul Hugues leur avait échappé car il était dans sa chambre au premier étage en train de jouer quand ils étaient arrivés. Il regardait la scène entre deux colonnettes de la balustrade, sur le palier.

La suite avait été très violente et très sale. Les voleurs avaient défoncé les placards, vidé des bouteilles de vin, ripaillé avec ce qu'ils avaient trouvé dans le garde-manger. Deux d'entre eux s'étaient battus, en se lançant à la tête des bibelots et des tableaux. C'était un spectacle inouï pour l'enfant. En quelques instants, l'ordre paisible de cette maison avait été anéanti et remplacé par un déchaînement de désirs primitifs et de violence aveugle. Hugues attendait que le cauchemar prenne fin.

Plus tard, alors que la nuit était bien avancée, un des pillards, moins abruti par la ripaille que les autres, s'avisa qu'ils avaient quatre femmes à leur disposition et qu'ils pourraient en tirer du plaisir. Les sœurs d'Hugues n'avaient que dix et onze ans mais l'escarpe ne s'embarrassait pas de ces détails. Il alla derrière le piano en riant bruyamment, examina les corps allongés et traîna l'un d'entre eux par les pieds jusqu'au milieu du salon. C'était Solange, l'aînée des gamines, vêtue d'une robe bleue trop ample, qui lui donnait des formes. L'ivrogne la fit lever et la présenta aux autres qui étaient avachis sur des marquises. La malheureuse enfant était terrorisée. Hugues apercevait son visage, ses yeux écarquillés de terreur. Il eut d'abord l'instinct de sortir de sa cachette pour aller secourir sa sœur. Mais c'était livrer une victime de plus à ceux qui en tenaient déjà cinq à leur merci. Il attendit en fermant les yeux.

Un cri aigu les lui fit rouvrir. Solange, à qui son agresseur venait d'arracher sa robe, hurlait de toutes ses forces. Surpris par ce cri, le brigand eut un mouvement de recul. À cet instant, une forme traversa la pièce et bondit sur lui. C'était Corgan. L'homme tomba en arrière et se débattit en poussant des hurlements rauques. Le chien l'avait saisi par le cou et maintenait sa proie au sol, en lui dévorant le visage. Les autres étaient paralysés de stupeur et contemplaient ce spectacle sans bouger. Bientôt, ils se ressaisirent et se levèrent. Le chien, lâchant sa première victime qui hurlait de douleur, leur faisait face.

Profitant de la confusion, Hugues descendit l'escalier, caché par la rambarde. Arrivé dans l'entrée, il ouvrit la porte vitrée qui menait dans le jardin et s'enfuit, droit devant lui. La lune était sortie, elle éclairait le paysage. Il n'avait pas de mal à trouver son chemin. Le village n'était qu'à un kilomètre, à la sortie du bois. Il réveilla le garde champêtre qui donna l'alerte. Dix hommes armés partirent bientôt vers le domaine. Ils tombèrent sur les malfrats qui étaient en train de charger tout ce qu'ils pouvaient de victuailles et de vin sur la carriole. Ils étaient bons pour le bagne.

Mais Corgan était mort.

Lantier n'avait jamais oublié le sacrifice de ce chien mais il y pensait rarement. C'était l'histoire de Morlac qui avait fait remonter ces souvenirs. Et maintenant qu'il y songeait, il se disait que ce drame n'avait pas été sans conséquence sur sa vie. Il était entré dans l'armée pour défendre l'ordre contre la barbarie. Il était devenu militaire pour être au service des hommes. C'était un malentendu, bien sûr. La guerre n'allait pas tarder à lui faire découvrir que c'est l'inverse, que l'ordre se nourrit des êtres humains, qu'il les consomme et les broie. Mais, au fond de lui, malgré tout, il restait attaché à cette vocation. Et, à l'origine de cette vocation, il y avait l'acte d'un chien.

Il avait dû s'assoupir. Il est vrai qu'il avait écourté sa sieste à l'hôtel pour revenir tôt à la prison. Et voilà que sur ce banc, en caressant le chien, il s'était de nouveau mis à rêver.

Guillaume tenait toujours le museau sur son genou. Il le regardait en tournant les yeux d'une manière comique. Lantier retira doucement sa jambe et écarta le chien. Puis il se leva et s'étira. Il remit son uniforme en ordre et prit le chemin de la prison. Le soleil avait tourné, la place était presque tout entière à l'ombre.

Il frappa à la porte et Dujeux vint lui ouvrir. Au moment où il entrait, il entendit le chien au loin qui recommençait à aboyer.

V

Ce devait être le jour de la douche. Morlac était propre et rasé de frais, les cheveux peignés, et il sentait le savon de Marseille. L'intermède avec le chien avait mis Lantier de bonne humeur. En arrivant dans la cellule, il prit sa place habituelle et rouvrit le dossier.

— Où en étions-nous? Ah, oui! Salonique.

— Vous voulez vraiment que je vous parle de tout ça?

— Pas de tout. De l'essentiel.

— Eh bien, nous sommes arrivés au front, voilà.

— En quoi consistait le front, dans ces régions?

Morlac se curait un ongle avec un bâtonnet taillé en biseau. La propreté appelant la propreté, il avait entrepris de se récurer jusque dans les moindres recoins.

— Des vallées entourées de montagnes assez rondes. Il n'y avait pas vraiment de tranchées, pas face à face comme en Picardie ou dans la Somme. Les positions ennemies étaient assez loin. On se cachait dans des trous et on changeait souvent de place. L'artillerie tirait à l'aveugle.

— De la boue ?

— Pas trop. Mais c'était chaud l'été et glacial l'hiver. Des écarts de température inimaginables. Le plus dur, c'était surtout qu'on restait longtemps en première ligne. L'armée d'Orient a toujours manqué d'hommes. On n'était pas relevés. On s'ennuyait ferme, des semaines entières comme ça.

— Que faisiez-vous ?

— Moi, je lisais.

— Les autres aussi ?

— Pas tellement.

Lantier se décida à poser les questions qu'il n'avait pas clairement formulées la veille, quand il l'avait vu lire Victor Hugo.

— Et comment se fait-il que vous lisiez ? Vous avez quitté l'école très jeune, d'après ce que je crois savoir.

Morlac bougonna.

— J'aime lire, il n'y a rien de mal à ça.

— Ce goût de la lecture, vous l'avez bien pris à quelqu'un ?

Le prisonnier haussa les épaules.

— C'est possible.

Lantier décida que c'était le moment. Il posa ses notes et se leva. Il fit deux pas jusqu'au mur du fond, qui était couvert de graffitis obscènes. Puis il se retourna brusquement :

— J'ai rendu visite à votre femme ce matin. Vous

n'avez pas l'air pressé de la retrouver. Mais elle, je crois bien qu'elle vous attend.

— Ce n'est pas ma femme.

— Mais c'est la mère de votre fils.

Morlac eut soudain l'œil brillant de haine.

— Mêlez-vous de ce qui vous regarde ! D'ailleurs, ça suffit, ces interrogatoires. Condamnez-moi et qu'on en finisse.

— En ce cas, répondit Lantier, revenons à votre chien, puisqu'il s'agit de lui.

Un instant, il avait eu la tentation de raconter son tête-à-tête avec Guillaume, sur le banc. Mais il tenait à garder son autorité de magistrat militaire et cette histoire aurait risqué de passer pour une familiarité. Son ton sec et l'air sérieux avec lequel il s'était plongé dans ses notes firent de l'effet sur Morlac. Il baissa la tête, comme un élève qu'on punit, et reprit d'une voix machinale :

— Après plus d'un mois au front et dans les parages, on nous a évacués sur Monastir. C'était la fin de l'offensive de printemps. Guillaume n'a pas pu nous suivre parce qu'il avait été blessé au flanc par un éclat.

— Vous l'avez laissé au front ?

— Le gars qui avait repris ma casemate avait accepté de le garder. C'était un Serbe, évacué sur Corfou après la défaite de Belgrade. Il avait une drôle de façon de regarder Guillaume. J'avais l'impression qu'il avait bouffé pas mal de chiens, pendant sa retraite. Tout ce que je lui ai demandé, c'était qu'il l'enterre s'il devait mourir.

— Mais il n'est pas mort.

— Non, c'est un dur à cuire, ce chien-là. Quand il a été à peu près guéri, il a fait le chemin tout seul à travers les gorges du Vardar jusqu'à Monastir. Il a pris des coups de bâton sur la tête et quand il est arrivé il avait les yeux presque fermés à cause du sang qui avait coulé.

— Ensuite ?

— On a passé l'hiver dans un cantonnement et c'est ce qui nous a sauvés. Il a fait un froid incroyable. À part les chasseurs alpins, personne n'avait jamais vu des températures pareilles. En mars, quand on nous a renvoyés au front, il y avait encore des congères de deux mètres de haut sur le bord des routes.

— Et le chien, toujours vaillant ?

— Il s'est refait une santé, à Monastir. Moi, je ne m'en occupais pas trop. Mais il y avait un fusilier anglais, un type avec lequel je jouais aux cartes le soir, qui l'avait à la bonne. Vous savez comment sont les Anglais avec les bêtes. Il lui apportait des choses à manger, des restes de rations, pas des déchets. Et il a même trouvé du désinfectant pour les plaies qu'il avait sur le dos.

— Il n'a pas été tenté de partir avec l'Anglais ? Ce n'est pas pour dire, mais vous n'avez pas l'air de lui avoir donné beaucoup d'affection, à votre chien.

— Je vous l'ai dit. Je suis comme ça. Mais j'étais son maître et il le savait.

— En somme, il est resté avec vous pendant toute la guerre.

— Oui.

— Vous vous êtes beaucoup battus, sur ce front ?

— Pas tellement. C'était une guerre bizarre, avec peu de contacts. Une fois, nous avons accroché par hasard une patrouille autrichienne. Il a fallu se dégager à la baïonnette. C'était la première fois que je voyais Guillaume en action. Il avait compris qui était l'ennemi et il attaquait les Autrichiens sans se tromper.

— Vous n'avez pas eu de citation pour ce combat-là.

— Il n'y avait pas de quoi. Ça n'avait rien de glorieux. On a sauvé notre peau, c'est tout. Et les Fritz n'avaient qu'une envie, c'était de se dégager aussi.

— Le reste du temps, que faisiez-vous ?

— La routine : des patrouilles, des tours de garde, quelques reconnaissances. Et puis, surtout, on était malades. C'est un très mauvais climat. Moi, j'ai échappé à la malaria mais j'ai souffert d'une dysenterie terrible. Puisque c'est le chien qui semble vous intéresser, je vous dirai qu'il m'a veillé pendant toute la maladie et qu'il allait chercher de l'aide chaque fois que j'avais besoin de quelque chose.

Maintenant que Lantier connaissait un peu Guillaume, il trouvait très touchant le récit de son dévouement pendant la guerre. Mais la froideur de son maître n'en était que plus étonnante. Qu'il ait entretenu avec les bêtes, comme tous les paysans, un rapport utilitaire et dépourvu de toute effusion, il le comprenait. Mais il semblait y avoir autre chose, comme une forme de ressentiment. Que s'était-il passé entre eux, que le prisonnier ne disait pas ?

Le juge continua à creuser :

— Guillaume a-t-il pris part au combat qui vous a valu cette citation ? demanda-t-il.

Morlac avait tiré quatre ou cinq bouffées de cigarette à la suite. La fumée produisait sur lui une détente visible. Il se pencha en arrière jusqu'à ce que son crâne touche le mur. Il resta un long instant dans cette position et soudain se redressa et regarda Lantier.

— C'est une longue histoire, monsieur le juge. On serait mieux dehors pour la raconter, vous ne croyez pas ? Nous ne pourrions pas sortir nous promener ?

Lantier n'était pas loin de se faire la même réflexion. Il commençait à en avoir assez de cette cellule obscure qui sentait le renfermé et le tabac, alors qu'il faisait si beau dehors. Il parvenait au point décisif de la déposition de Morlac et souhaitait le mettre en confiance.

— Vous avez raison. Nous pourrions marcher dans la cour.

Ce n'était pas l'heure mais, après tout, il n'y avait aucun autre détenu et Dujeux pouvait bien ouvrir la courette qui servait pour les promenades. L'officier alla trouver le gardien qui prit un air important et réfléchit longuement en silence, afin de voir si une telle requête était bien compatible avec le règlement. Lantier finit par le décider en lui disant que c'était un ordre.

Le geôlier fit tourner la clef dans la serrure en grommelant et ils pénétrèrent dans un espace de la taille d'un court de tennis. Entre les pavés, de l'herbe et des plaques de mousse jaunissaient sous l'effet de la canicule. Elles auraient tout le reste de l'année pour se gorger d'humidité. Les murs alentour étaient en pierres rudimentaires et les épais joints d'un ciment granuleux donnaient à l'ensemble un aspect médiéval. Au-dessus de cette cour sans charme et sans âge était tendu le dais d'un ciel indigo que survolaient lentement de petits nuages orangés. La pointe d'un mélèze dépassait du mur.

Morlac paraissait très heureux de respirer cet air venu de loin. Le juge avait l'impression que la réclusion ne lui pesait plus dès lors qu'il pouvait apercevoir le ciel.

Ils traversèrent la cour en oblique, puis se mirent à déambuler autour, comme tous les prisonniers du monde.

— Je ne voudrais pas qu'il y ait de malentendu, à la suite du rapport que vous allez rédiger. C'est pour cela que je dois vous dire quelque chose d'abord : vous vous trompez à propos de ma citation.

— Que voulez-vous dire ?

— Eh bien, voilà, excusez l'expression, vous tournez autour du pot. Vous me posez des questions sur mon chien. Vous essayez de me faire dire que je l'aime, que c'est mon compagnon d'armes. Je vois bien où vous voulez en venir.

— C'est dans votre intérêt, je vous l'ai déjà dit.

Morlac s'était arrêté net et faisait face à son juge. Il avait repris son expression grave et butée. Décidément, le bon air n'avait pas eu longtemps d'effet sur lui.

— Je ne veux pas que vous me trouviez des circonstances atténuantes.

— Vous ne voulez pas sortir d'ici ?

— Je ne veux pas qu'on dénature le sens de mes actes. Vous n'étoufferez pas ce que j'ai à dire.

— Eh bien, c'est l'occasion de vous expliquer clairement. Car je vous avoue que je ne comprends ni votre geste, ni votre entêtement à être lourdement condamné.

Morlac ne semblait pas troublé par cet aveu. Il reprit sa marche.

— Vous souvenez-vous de ce qui s'est passé en 1917, mon commandant ?

Lantier lui jeta un coup d'œil inquiet. 1917, l'année noire de la guerre ; l'année du Chemin des Dames et des grandes mutineries ; l'année du désespoir et des chocs contradictoires : le débarquement des Américains et le retrait des Russes ; la défaite des Italiens et l'accession au pouvoir de Clemenceau. Ça commençait mal.

Heureusement, Dujeux, devant la porte, agitait ses clefs. La sortie dans la cour n'avait pas modifié le reste du rituel et la soupe était arrivée. Pour une fois, Lantier se félicita d'avoir commencé son interrogatoire si tard. Ils auraient tout le temps le lendemain d'entamer ce qui promettait de ne pas être, pour l'officier, une partie de plaisir.

*

En s'en retournant, Lantier avait hésité à faire un crochet, pour caresser le chien. Ça le désolait de le voir aboyer de nouveau, à bout de forces, calé contre une bouteroue au fond de la place Michelet.

Mais, en cette fin d'après-midi, les gens recommençaient à sortir. Une charrette montait de l'abbatiale en faisant crisser les pavés. Un artisan en veste noire sifflotait, une échelle à l'épaule. Lantier ne voulait pas courir le risque de faire naître des rumeurs en ville sur sa sensiblerie, son apitoiement pour les bêtes. Il traversa la place d'un air digne et s'engagea dans la rue du 4-Septembre.

Un peu plus loin, il entra à La Civette pour acheter du tabac. C'était en prévision de l'interrogatoire du lendemain. Lui-même fumait peu mais Morlac avait pris l'habitude de lui demander des cigarettes et il tenait à disposer de cette carte dans la partie qui s'annonçait.

Au moment où il sortait du bureau de tabac, il tomba sur le chef du peloton de gendarmerie de la ville. Il avait voulu le rencontrer dès son arrivée mais on lui avait indiqué qu'il était en déplacement.

— Maréchal des logis-chef Gabarre, annonça d'une voix rocailleuse le gendarme, en se mettant au garde-à-vous.

Rougeaud, court sur pattes et le ventre proéminent, le maréchal des logis avait tout à fait l'aspect d'un campagnard. Ce devait être un enfant du pays entré dans la maréchaussée par occasion. Sa décision avait dû procéder du même calcul réaliste qui engage le paysan à emblaver son champ en luzerne plutôt qu'en avoine, selon les cours du marché. À ce que Lantier avait compris en discutant avec l'autre gendarme, car le peloton dans cette ville tranquille se limitait à deux hommes, Gabarre avait fait toute sa carrière sur place.

— Je rentre d'un enterrement, à trente kilomètres d'ici, mon commandant. Désolé, je n'ai pas pu vous assister dans votre enquête.

Le gendarme n'avait pas dû faire la guerre. Il tremblait devant l'officier et n'avait pas acquis cette morgue ironique que les poilus mêlaient à leurs manifestations d'obéissance.

— Repos, chef. Tout va bien, je vous remercie. Vous avez un instant ?

— Je suis à vos ordres, mon commandant.

— En ce cas, accompagnez-moi jusqu'à la place Étienne-Dolet, je crois que c'est comme cela que s'appelle ce petit square là-bas, où il y a des chaises sous les arbres.

Ils marchèrent ensemble en silence. Le gendarme boitait un peu. C'était plus probablement la goutte qu'une blessure de guerre. Arrivés sur la place, ils s'assirent sur des chaises autour d'un guéridon en émail. Gabarre posa son képi sur ses genoux, en triturant nerveusement la visière vernie. Le garçon vint prendre les commandes et apporta deux verres de bière.

Les rues commençaient à être enveloppées dans une pénombre violette tandis que le ciel était encore clair, strié de nuages roses. L'air était frais et toute l'humidité des mois de pluie ressortait des murs. Mais les chaises et le sol restaient chauds et donnaient à cette heure du soir une volupté d'autant plus précieuse qu'on la sentait éphémère.

— Je suis allé tous les jours à la prison. L'interrogatoire du prévenu est presque terminé.

Le gendarme prit cette annonce comme un reproche.

— Excusez-moi, dit-il.

Mais Lantier ne voyait pas en quoi son absence l'avait gêné et il le rassura.

— Vous le connaissiez, vous, ce Morlac, avant son coup d'éclat ?

— De vue, comme tout le monde.

Et, l'air finaud, le gendarme ajouta :

— Un drôle de type.

— Drôle comment ?

— Je ne saurais pas dire, mon commandant. C'est un gars qu'on voyait à peine. Il n'avait pas d'amis, pas de famille. Quand il est revenu de la guerre, le maire a organisé une cérémonie pour les combattants. Il est venu, il a bu tout seul dans son coin et il est reparti sans saluer personne. Le secrétaire de mairie était persuadé que Morlac avait embarqué des couverts en argent. On a hésité à faire une perquisition. Finalement, compte tenu de ses états de service au front, on a renoncé. Mais il avait fait ça de façon presque ouverte, comme s'il avait déjà envie de provoquer un scandale.

— Vous connaissez Valentine, la mère de son fils ?

— Ah, vous savez cela déjà.

Gabarre s'était un peu détendu. Il avait fini son verre de bière et le juge fit signe au garçon d'en apporter un autre.

— Celle-là, c'est une autre affaire. On l'a à l'œil.

— Je croyais qu'elle ne sortait pas de chez elle. Je suis allé la voir. Elle vit pratiquement au fond des bois.

— Elle ne sort pas mais il y a des gens qui lui rendent visite.

— Quelle sorte de gens ?

Le gendarme se pencha en avant et jeta un coup d'œil méfiant aux alentours.

— Des ouvriers, glissa-t-il d'une voix assourdie. Des types en fuite. Elle croit qu'on ne le sait pas. C'est exprès, pour qu'ils continuent à venir. Mais, en fait, on les surveille et quand ils sortent de là on leur saute dessus.

Il sourit, avec l'air rusé du braconnier qui révèle l'emplacement de ses pièges.

— Vous connaissez sa famille ? demanda le gendarme, sûr de son effet.

Lantier, comme il l'avait prévu, s'étonna.

— Je croyais qu'elle n'en avait plus. Ils sont tous morts de maladie. C'est elle-même qui me l'a dit.

— Ils ont beau être morts, ils ont vécu, objecta Gabarre, fier de sa logique.

— Je veux bien vous croire. Et alors ?

— Alors, elle ne vous a pas dit qui était son père.

— Non.

— Elle ne s'en vante pas. Son père, voyez-vous, était un Juif allemand, proche de cette Rosa Luxembourg qui a été assassinée l'hiver dernier à Berlin. Il était membre de l'Internationale ouvrière. C'était un agitateur et un pacifiste forcené. Il a été arrêté et il est mort à la prison d'Angers. Il paraît qu'il était tuberculeux.

— Et sa mère ?

— C'était une fille d'ici. Ses parents l'avaient envoyée à Paris pour apprendre la couture dans une grande maison. C'est là-bas qu'elle a rencontré cet émigré. Elle est tombée folle amoureuse de lui et ils se sont mariés. Elle venait pourtant d'une bonne famille, des marchands de bestiaux qui possédaient des terres dans la région. Elle a hérité d'une petite partie mais le plus gros est allé à ses frères. Heureusement pour elle, c'était après la mort de son mari, parce qu'il lui aurait fait tout vendre pour donner l'argent à la cause.

Avec le deuxième verre de bière, le maréchal des

logis était tout à fait détendu. Lantier était surpris de le voir si agile d'esprit et si bien informé. Il se doutait qu'il cachait son jeu mais pas à ce point.

— La pauvre femme, poursuivit-il, n'a pas profité de son héritage. Elle a été emportée juste après par une épidémie et sa fille aînée avec. Il est resté cette Valentine qui ressemble tout à fait à son père, paraît-il, et qui est aussi enragée que lui.

— Elle n'a pas l'air, pourtant.

Mais, en disant cela, Lantier se souvenait tout à coup des yeux durs de la fille et de la manière dont elle avait parlé de la guerre.

— C'est une rusée. Elle a été recueillie par une tante de sa mère à moitié sauvage qui s'était installée dans ce coin perdu pour ne voir personne. Elle a dû lui enseigner ses tours de sorcière.

— Est-ce que vous savez pourquoi Morlac n'est pas retourné avec elle après la guerre ?

Le gendarme haussa les épaules.

— Est-ce qu'on peut deviner ce que ce monde-là pense ? Sans doute se sont-ils disputés.

— Elle a rencontré quelqu'un d'autre ?

— Je vous l'ai dit : il passe souvent des gens là-bas. Ces révolutionnaires utilisent sa maison comme une planque pour les gars qui ont des soucis avec la police. Quant à savoir si elle a eu une histoire avec l'un d'entre eux, je ne pourrais pas vous le dire.

Il faisait maintenant tout à fait nuit. Le garçon de café avait allumé des quinquets autour des tables et deux becs de gaz, de chaque côté de la place, répandaient une lumière mauve sur les pavés. Lantier regarda sa montre. Il était temps de rentrer à l'hôtel, s'il espérait trouver à dîner.

— Vous voulez m'être utile, chef?

Gabarre se rappela soudain à qui il parlait. Il se redressa et dit d'une voix forte :

— Oui, mon commandant.

— Alors, essayez de savoir si Morlac a vu son fils depuis son retour.

— Ce ne sera pas très facile, mais...

— Je compte sur vous. Passez me voir quand vous pourrez, si vous apprenez quelque chose.

Lantier laissa quelques pièces sur la table et se leva. Le gendarme voulut faire un salut militaire mais le juge lui serra la main.

Pendant qu'il descendait vers l'hôtel, il lui sembla que la brise rabattait par instants les aboiements d'un chien. Mais ils étaient faibles et très irréguliers.

VI

Valentine n'avait pas voulu entrer. Elle se tenait debout devant la porte de l'hôtel. Lantier, quoiqu'il ne fût bon à rien avant d'avoir bu son café, la reconnut de loin. Il ne s'attendait pas à sa visite, du moins pas tout de suite et pas au petit matin. Mais elle avait dû réfléchir toute la nuit sans fermer l'œil, et maintenant elle était là, le visage fermé, sa résolution prise.

— Bonjour, Valentine, dit-il en sortant sur le seuil. Entrez, je vous en prie. Venez boire un café.

Elle tenait un panier à deux mains et le balançait à bout de bras, avec un air gêné. Lantier pensa à son père, l'agitateur politique, à qui Gabarre prétendait qu'elle ressemblait. C'était sans doute un personnage dans le même genre, capable de mettre le feu à une maison bourgeoise mais intimidé d'y être invité. Il finit par la convaincre et elle entra.

Quand il la suivit dans les couloirs de l'hôtel, avec leurs murs tapissés de papier peint et ornés de tableaux, il comprit ce qui la retenait. Chez elle,

elle était en harmonie avec le décor. Ici, sa robe grossière et ses galoches en bois lui donnaient l'allure d'une souillon.

Il la conduisit à l'arrière du bâtiment sur une petite terrasse où étaient disposées des chaises de jardin. Elle était moins déplacée dans ce cadre extérieur que dans les salons ornés de stucs.

Il commanda un café. Elle ne voulut rien prendre. Dans ce refus, on sentait une volonté absolue de ne pas demander quoi que ce soit à ceux qu'elle considérait comme ses ennemis. Plus modéré, ce principe aurait pu paraître respectable et même redoutable. Poussé à l'extrême et appliqué aux choses les plus insignifiantes, comme une tasse de café, il prenait un aspect risible et puéril.

Elle avait posé son panier par terre et elle faisait mine de fouiller dedans, pour garder contenance. Quand la servante eut apporté le café pour Lantier et qu'ils furent tranquilles, elle se lança, sans préliminaires, avec un regard menaçant :

— Finalement, je veux le voir. Et je veux qu'il sache.

— Je le lui ai suggéré mais...

— C'est certain, il dira non. Mais il ne faut pas seulement que vous le suggériez.

Elle avait imité le ton flûté sur lequel Lantier avait prononcé ce mot. Cette simple intonation suffisait à mesurer la violence qui l'habitait quand elle pensait à l'armée.

— Que voulez-vous que je lui dise, exactement ?

— Que je *dois* le voir. Qu'il le faut. Et que je le veux.

— Comptez sur moi. Je viendrai chez vous pour apporter moi-même sa réponse, s'il change d'avis.

— Ce ne sera pas nécessaire.

— Pourquoi ?

— Je vais rester en ville en attendant.

Lantier avait marqué sa surprise en haussant un sourcil.

— Je connais une marchande de légumes qui vend ses produits sur le marché à côté de moi. Elle m'hébergera le temps qu'il faudra. Elle habite derrière la halle.

— Très bien.

— Il a droit aux lettres ?

— Oui, mais le geôlier les ouvre et les lit.

— En ce cas, autant parler, siffla-t-elle.

Elle s'était levée et avait saisi son panier, le calant sur sa hanche comme une lavandière.

— Dites-lui que quand il est revenu il s'est trompé. C'était un camarade.

— Vous voulez dire qu'il a...

— Ce n'est pas à vous que je m'adresse mais à lui. À lui seul.

Elle se troublait et cette émotion cadrait mal avec la réserve à laquelle elle se contraignait. Elle préféra s'enfuir. C'est à peine si elle dit au revoir à Lantier. Il ne chercha pas à la retenir.

*

Quand il arriva à la prison pour recueillir la dernière confession de Morlac, le juge fut frappé par le silence qui régnait sur la place. Il n'y avait pas trace de Guillaume et on ne l'entendait plus. Il demanda à Dujeux ce que le chien était devenu.

— Il était au bout du rouleau, à force de gueuler comme ça. Dans la nuit, il a fini par se taire. Avec le clair de lune, j'ai vu qu'il était allongé là-bas de tout son long. J'ai cru qu'il était crevé. Pour tout vous dire, ça ne m'aurait pas dérangé. Mais ce matin, l'aide-soignant m'a donné des nouvelles, en apportant la soupe.

— Où est-il ? Vous savez qu'il me faut ce chien pour mon instruction. Il est partie prenante dans le délit. C'est une sorte de complice ou de pièce à conviction.

— Il est en face, dans une maison. Vous voyez la petite rue qui part en oblique au fond de la place ? C'est là, au rez-de-chaussée. La première porte.

— Vous y êtes allé ?

— Je n'ai pas le droit de quitter mon poste.

— C'est vrai. Dans ce cas, j'irai moi-même.

En traversant la place, Lantier se demanda pourquoi il avait inventé cette histoire de pièce à conviction. On pouvait bien juger Morlac sans produire le chien devant une cour martiale. Tout était dans le procès-verbal des gendarmes et son propre rapport d'instruction le compléterait. La vérité était beaucoup plus bête. Il avait envie de revoir ce chien. Il prenait un intérêt personnel à savoir ce qu'il allait devenir. Cette idée le fit sourire mais il ne renonça pas pour autant.

La maison qu'avait indiquée Dujeux était une bicoque de plain-pied coincée entre deux immeubles. C'était le vestige d'un ancien quartier de masures, à l'époque où le bourg n'était guère qu'un village fait de petites maisons alignées, sans étage. La porte s'ouvrait dans un encadrement de pierre. Sur le linteau était gravée maladroitement une date presque effacée : 1778.

Lantier actionna le heurtoir qui avait la forme d'une main de bronze. Aussitôt, une voix de femme à l'intérieur lui cria d'entrer. Il pénétra dans un vestibule obscur qui communiquait avec un minuscule salon. Des remugles de tapis moisis se mêlaient à une odeur de graisse froide, incrustée dans les rideaux et dans les tissus qui couvraient les fauteuils. Les beaux jours, dans ce réduit, n'étaient qu'une parenthèse vite oubliée. En temps normal, c'est-à-dire toute l'année, l'air confiné ne devait jamais être renouvelé. C'était à se demander si les fenêtres ouvraient encore.

Les meubles étaient si nombreux qu'il était à peine possible de circuler. Un guéridon ovale occupait le centre de la pièce. Entre lui et une cheminée en marbre dont le manteau était fendu, on avait réussi à placer un canapé trop grand. Guillaume était allongé là sur un drap jeté à la hâte, pour protéger la tapisserie.

Sur ce fond rose pâle, il avait vraiment l'air mal en point. Dans la pleine lumière de la place, Lantier n'avait pas mesuré combien l'animal était amaigri. Ses côtes étaient saillantes, son ventre creux, et il respirait en émettant un sifflement venu des profondeurs. Son poil terne et râpé laissait apparaître les cicatrices. Il clignait lentement des yeux, à bout de forces, et ne bougea même pas la tête quand le juge approcha pour le caresser.

— Vous avez vu dans quel état il s'est mis ? La pauvre bête...

La vieille femme qui avait parlé s'avançait en se tenant aux meubles.

Elle portait une perruque qu'elle ne se donnait pas la peine de fixer et qui glissait sur le côté, comme un béret.

— Je l'ai nourri toutes ces nuits. Il y a d'autres voisins qui lui portaient à boire. Mais avec cette chaleur, aboyer comme ça sans arrêt, ça l'a tué.

Lantier approuva. Il s'assit sur le rebord du canapé et caressa le cou du chien comme il l'avait fait sur la place. Guillaume ferma les yeux et respira moins vite.

— Vous êtes le vétérinaire, sans doute ? Monsieur Paul a dû vous appeler. Il m'avait dit qu'il allait le faire.

— Non. Je ne suis pas vétérinaire, malheureusement.

Il craignait qu'elle lui demande ce qu'il faisait là

mais, en s'en retournant vers sa cuisine, elle suivit son idée :

— Remarquez, il n'y a pas besoin d'un vétérinaire. On sait bien ce qu'il lui faut, à cette pauvre bête. De l'ombre, boire et manger. Voilà tout.

— Vous allez le garder ici ?

— Tant qu'il voudra, oui. Mais quand il ira mieux, je parie qu'il repartira brailler devant la prison, s'ils n'ont pas libéré son maître.

Elle revenait, avec une sorte de broc à lavement en émail fendillé.

— Ces canailles de militaires ! grommela-t-elle.

Lantier sursauta. S'adressait-elle à lui ? Que devait-il répondre ? Cependant, lorsqu'il la vit de plus près, il comprit. Elle se tenait aux meubles pour se guider, parce qu'elle était presque aveugle. Un de ses yeux était voilé par une taie blanchâtre et l'autre regardait trop haut. Elle n'avait certainement pas distingué son uniforme.

— Vous connaissez son maître ? demanda-t-il.

— Tout le monde le connaît. C'est un gars du pays.

— Qu'est-ce qu'il a fait de mal ?

Cela fascinait Lantier d'entendre quelqu'un lui parler sans savoir qui il était, sans avoir à servir une version officielle.

— Rien. Il n'a fait que du bien. Il leur a dit leurs quatre vérités, à ces bouchers. Évidemment, ça ne leur a pas plu et ils se vengent.

— Les militaires ?

— Bien sûr, toute la clique. Les généraux, les politiciens qu'ils servent et les marchands de canons. Tous ceux qui ont envoyé les petits gars de ce pays à la mort.

Machinalement, la vieille femme tourna son regard vide vers le vaisselier qui occupait un mur, entre la fenêtre et la cloison de l'entrée. Trois photographies étaient encadrées et posées sur le meuble, trois visages de jeunes garçons, avec des regards niais, calmes, pleins d'espoir. Le plus âgé ne devait pas avoir plus de vingt-cinq ans. À côté, dans un cadre plus grand, un cliché gondolé figurait un homme en pied, sanglé dans un uniforme de sapeur-mineur.

— Mon fils et mes trois petits-fils, dit la vieille femme, comme si elle avait senti que Lantier s'était tourné vers les photographies.

— Tous...

— Oui. Et la même année. 1915.

Il y eut un moment de silence puis la femme s'agita, pour chasser l'émotion. Elle fourra la canule en caoutchouc dans la gueule de Guillaume et souleva le broc pour que l'eau coule. Le chien déglutissait bruyamment. Il toussait et s'étouffait mais se laissait faire, comme s'il avait compris que tout cela était pour son bien.

— Et que ferez-vous s'ils condamnent son maître ? Vous pourrez garder cet animal chez vous ?

— S'ils le condamnent ! Ah, malheureux ! Le bon Dieu ne laissera pas faire une chose pareille, j'espère bien. Pendant quatre ans, ils sont venus chercher nos gamins pour les tuer, mais maintenant, la guerre est finie. Le préfet, les gendarmes et tous les gros planqués qui ont profité, ce serait plutôt à eux de rendre des comptes. S'ils condamnaient ce gars-là, ce serait un grand malheur.

Le chien eut une quinte violente et de l'eau sortit de sa gueule, se répandit sur le drap.

— Mince ! J'y suis allée trop fort. Calme, mon tout beau ! Calme !

Elle retira le broc et enroula le tuyau. Tout à coup, une idée lui traversa l'esprit et, en plaçant ses yeux morts dans la direction de Lantier, elle demanda :

— Mais, au fait, qui êtes-vous exactement ?

Il se troubla.

— Un ami.

— Du chien ? ricana-t-elle.

— De son maître.

Craignant qu'elle insiste et qu'il soit obligé de mentir, ce qui pouvait avoir des conséquences fâcheuses, il prit congé précipitamment.

— Je dois y aller, excusez-moi. Je repasserai. Occupez-vous bien de lui. Et merci. Merci encore.

Le juge ressortit et, pendant qu'il refermait la porte, il entendit la vieille femme plaisanter avec Guillaume.

— Il a des drôles d'amis, ton maître !

*

Lantier n'avait pas perdu trop de temps, avec ce détour chez la vieille femme. Quand il revint à la prison, neuf heures sonnaient à peine au clocher de l'abbatiale.

Il était visible au premier coup d'œil que Morlac l'attendait. Un changement radical s'était opéré chez le prisonnier. Il ne subissait plus l'interrogatoire du juge, il l'espérait.

L'un des charmes des armées est que lorsqu'un ordre est donné, il faut un autre ordre pour l'abolir. Comme Lantier n'avait rien dit la veille à Dujeux, celui-ci conduisit directement le détenu et son juge à la cour derrière le bâtiment, et referma la porte pour les laisser discuter. De temps en temps, il avançait le nez jusqu'au carreau de la porte et repartait rassuré.

Morlac, cette fois, guida l'officier vers un banc de pierre providentiellement situé en plein soleil.

— Je vous préviens, aujourd'hui ce sera un peu plus long.

— J'ai tout mon temps.

Dans l'espace confiné de cette cour, la fraîcheur de la nuit restait piégée comme au fond d'un puits et le soleil qui les atteignait directement était caressant et tiède.

— Je vous ai parlé de 1916, l'année de mon arrivée sur le front d'Orient. Une année de souffrances pour rien. Des offensives foireuses, l'hiver qui est venu par là-dessus, glacial dans ces montagnes, et puis la zizanie entre tous ceux qui formaient cette armée d'Orient. On avait beau les appeler les Alliés, ça ne trompait personne. Chacun avait ses propres objectifs. Les Anglais, c'était la route des Indes. Ils en faisaient le moins possible à Salonique et, si on les avait écoutés, on aurait envoyé tout le monde en Égypte. Les Italiens ne s'intéressaient qu'à l'Albanie. Les Grecs n'arrêtaient pas de tergiverser, entre ceux qui voulaient soutenir l'Allemagne et ceux qui étaient favorables aux Alliés. Bref, c'était la pagaille au niveau des chefs. Pour la troupe, c'était encore pire. L'hiver, on gelait, et l'été, il y avait la malaria et le ventre qui lâchait.

— Vous aviez des permissions ?

Morlac parut ne pas apprécier cette question. Il baissa la tête.

— Non. Et, de toute façon, je n'en voulais pas.

Il changea rapidement de sujet et reprit son récit :

— En 17, on a remis ça : les offensives au nord. Moi, j'étais dans le secteur est, en Macédoine. En face, on avait les Bulgares. Tout ce qu'on savait, c'est que la Roumanie s'était effondrée. Pour le reste, on n'y comprenait rien. Le terrain, c'était des gorges et des défilés de montagnes, des crêtes d'où on se faisait tirer dessus. L'objectif, c'était la rivière Tcherna. Mais, en face, ils étaient bien fortifiés et, finalement, on s'est enterrés aussi.

— Au fond, ça devait ressembler à ce qu'on a connu en France : les tranchées, les casemates.

— L'attente, surtout. Et puis, on était loin. On ne recevait pas de courrier. On passait dans ces villages bizarres, avec des maisons blanches qui ne ressemblaient à rien de ce qu'on connaissait. Il fallait se méfier de tout le monde. Personne ne nous aimait, pourtant, Dieu sait si les villageois faisaient des singeries en nous voyant. On aurait cru à chaque fois qu'ils n'attendaient que nous. Et puis, deux jours après, on se rendait compte qu'ils informaient l'ennemi, quand ils ne nous égorgeaient pas eux-mêmes.

— Il y avait d'autres troupes alliées avec vous ?

— Justement, j'y viens.

La trogne de Dujeux s'encadra un instant dans la lucarne de la porte.

— À notre gauche, il y avait des Annamites. Les pauvres types étaient morts de froid. Sous ces climats, ils s'éteignaient complètement. Ils devenaient gris et ils ne bougeaient plus. On avait de la peine à leur tirer trois mots.

— C'était la même chose en Argonne.

— Les copains me disaient de faire attention à Guillaume, parce qu'ils avaient la réputation de manger les chiens. Mais il est allé deux ou trois fois dans leur secteur et ils ne lui ont pas fait de mal.

— Il y a beaucoup d'exagération dans tout ça. Je ne les ai jamais vus manger de chiens.

Morlac eut un geste évasif. Il voulait en arriver à l'essentiel.

— À notre droite, il y avait des Russes. Ils étaient si près que nos lignes se touchaient. Si on avançait dans nos tranchées, on tombait sur les leurs.

C'était des gars très sympathiques et eux, l'hiver, ils connaissaient. Ils n'avaient pas grand-chose à manger mais leur intendance leur apportait toujours à boire. Ils faisaient de la musique le soir et Guillaume allait souvent par là. Les Russes l'avaient à la bonne. Un jour, ils lui ont même fait avaler de la vodka et tout le monde a rigolé en le voyant rentrer, parce qu'il marchait de travers.

Le soleil avait tourné et ils se poussèrent sur le côté du banc pour rester dans la lumière.

— Moi, je suis souvent allé le chercher en secteur russe, si bien que j'ai fini par connaître plusieurs de ces gars. Il y en avait un, Afoninov, qui parlait le français et j'aimais bien discuter avec lui. C'était un simple soldat mais il avait de l'instruction. Il était ouvrier typographe à Saint-Pétersbourg. Il avait eu des problèmes avec la police du tsar et on l'avait envoyé au front sans lui demander son avis.

— Les officiers ne le surveillaient pas ?

— Il n'y en avait pas beaucoup. Et j'ai l'impression que tous les Russes qui étaient dans ce coin-là devaient être plus ou moins dans son cas. Ils tenaient des réunions entre eux et ils parlaient politique pendant des heures. Début 17, ils étaient de plus en plus excités. Quand ils ont appris la révolution de février, ça a été du délire. Ils ont dansé toute la nuit, au point que nos officiers sont intervenus parce qu'ils avaient peur que les ennemis en profitent pour attaquer. L'abdication du tsar les a rendus comme fous. Ils ne tenaient plus en place.

On aurait dit qu'ils allaient rentrer chez eux le jour même.

— Comment apprenaient-ils ces nouvelles ? Vous m'avez dit que vous étiez coupés du monde.

— Nous, mais pas eux. Et c'est bien ça la question. Vous savez, en face, il y avait les Bulgares et ils parlent des langues assez proches. Ils se comprennent. Les Bulgares, comme les Autrichiens et les Turcs, recevaient les nouvelles de Russie au jour le jour parce que leurs états-majors pensaient que les difficultés de la Russie étaient bonnes pour le moral des combattants. Ils leur promettaient qu'une fois le tsar parti les Russes ne tarderaient pas à arrêter la guerre.

— Donc, il y avait des contacts entre Russes et Bulgares, alors qu'ils étaient face à face dans des tranchées ?

— C'est ce que j'ai compris et c'est ce qui a fait démarrer toute l'affaire...

VII

La rivière était basse et le courant, qui butait sur les pierres, faisait naître des traînées d'écume qui en blanchissaient presque toute la surface. Des branches de saule, qui, au printemps, plongeaient dans les eaux, pendaient maintenant en l'air et retenaient dans leurs rameaux des paquets d'algues sales.

Le jeune homme se tenait accroupi au milieu de la rivière. Il avait sauté de pierre en pierre et il restait maintenant immobile au-dessus du courant, les pieds nus sur des rochers couverts de mousse. Son regard était fixe comme celui d'un oiseau de proie et il le braquait sur le trou d'eau qu'il surplombait. Une truite, dans cet étroit bassin naturel, ondulait entre les taches claires que le soleil faisait danser sur le fond sablonneux. L'homme brandit lentement une baguette taillée en pointe à une extrémité. Il se retint un long instant puis, d'un geste vif, abattit la fine lance, en embrochant le poisson. Il sortit la baguette de l'eau. L'animal frétillait autour du bâton qui le transperçait. Le pêcheur se releva mais, soudain, il se figea comme un chien à l'arrêt. Il avait vu, sur la berge, la silhouette sombre qui l'observait.

— N'essaie pas de détaler, Louis ! Je saurai toujours où te trouver. Approche un peu.

Gabarre avait à peine haussé la voix. La rivière coulait si faiblement qu'elle faisait peu de bruit et, dans le silence de la forêt, les mots du gendarme résonnaient distinctement, surtout pour une oreille exercée à repérer les moindres sons.

Marchant sans hésitation de pierre en pierre, Louis se rapprocha de la berge. Quand il arriva devant le maréchal des logis, il mit les mains derrière le dos, cachant maladroitement sa proie, et baissa la tête. C'était un garçon d'une vingtaine d'années, noir de poils, avec des sourcils qui se joignaient presque et des cheveux bouclés plantés bas sur le front. Il se tenait le dos voûté, l'air apeuré dès qu'il était en présence d'un être humain. Dans les bois, au contraire, son regard prenait l'acuité de celui d'une bête. Il vivait de ses chasses et de ses pêches. Sa mère était morte quand il avait dix ans et on ne savait pas trop de qui était cet enfant. Il avait été placé en orphelinat et s'était évadé deux fois, toujours pour revenir dans la maison où il était né, à l'orée du bois. On avait fini par l'y laisser. Gabarre l'avait à l'œil. Il le savait à peu près inoffensif mais il connaissait aussi ses tentations et son point faible.

— Toujours aussi agile, à ce que je vois. Montre un peu.

La truite avait cessé de bouger, résignée à son sort ou déjà morte. C'était un beau poisson à la peau moirée. La pointe du bâton l'avait frappée exactement en son milieu.

— Dis-moi, Louis, tu te tiens tranquille en ce moment. Mais tu vas toujours la voir.

Le garçon secoua la tête.

— Non, non ! Je jure.

— Ne jure pas, c'est plus prudent. Surtout que je le sais. Moi aussi, je te surveille, qu'est-ce que tu crois ?

Louis tripotait la baguette sur laquelle était toujours embrochée la truite.

— Écoute, je sais aussi que tu n'as rien fait de mal. C'est plus fort que toi mais tant pis. Du moment que tu ne l'embêtes plus, tu peux bien la regarder à travers les branches, si ça te fait plaisir.

Le jeune homme jeta un regard en coin au gendarme. Il ne comprenait pas où il voulait en venir.

— Je voudrais que tu m'aides, Louis. Tu me dois bien ça, pas vrai ?

L'autre attendait la suite pour réagir.

— Tu connais Morlac, l'amoureux de Valentine ?

Un éclair de haine passa dans les yeux de Louis.

— Il est parti à la guerre, dit-il méchamment.

Sa diction était mauvaise et sa voix sourde.

— Il est parti mais il est revenu. Et tu le sais.

Louis détourna la tête.

— Tu vas la voir tous les jours, je me trompe ?

Le jeune homme ne dit rien.

— Ne me raconte pas d'histoires. Je connais tes habitudes. Tu te mets dans le bois au-dessus de son potager le matin, comme ça tu la vois se pencher sur ses légumes. Et le soir, tu passes derrière la maison pour l'apercevoir quand elle va traire la chèvre. Ne proteste pas. Du moment que tu te tiens tranquille, je n'ai rien à y redire.

— Je l'ai touchée qu'une seule fois...

— Et tu lui as fait assez peur comme ça. Pour qu'elle en vienne à m'appeler, elle qui n'aime pas trop les uniformes, il fallait qu'elle ait eu une belle frayeur.

— C'est fini, maintenant.

— Je te crois, Louis. Et ce n'est pas ce qui m'amène.

— Alors?

— Alors, je te dis, tu peux m'aider. Je veux que tu me racontes ce que tu sais.

Louis se gratta la poitrine de sa pogne carrée couverte de poils noirs.

— Depuis qu'il est revenu de la guerre, est-ce que tu as aperçu Morlac par ici?

Louis n'appréciait pas cette conversation. On sentait qu'il avait envie de réagir comme il savait le faire quand quelque chose lui déplaisait : en prenant la fuite. Mais Gabarre fixait sur lui ses petits yeux durs de paysan têtu et il le craignait.

— Je crois.

— Pas d'histoires, s'il te plaît. Il est venu, oui ou non?

— Oui.
— Plusieurs fois?
— Oui.
— Combien?
— Tous les jours.

Le gendarme marqua un temps, comme s'il serrait cette information dans une armoire forte.

— Tu sais qu'il est en prison?

Louis écarquilla les yeux. Un méchant sourire passa sur son visage mais il le cacha aussitôt.

— Non. Qu'est-ce qu'il a fait?
— Une bêtise, le 14 juillet.
— Alors, c'est pour ça qu'il ne venait plus ces derniers temps.
— Quand l'as-tu aperçu la dernière fois?
— Je ne sais pas les dates. Il y a trois semaines, je dirais...
— C'est bien ça. Il est venu jusqu'à la veille du défilé. Et qu'est-ce qu'il faisait quand il venait? Il lui parlait?
— Ah, non! s'écria le jeune homme.

Gabarre sentit qu'il y avait là une limite que Morlac, heureusement, n'avait pas franchie. S'il l'avait fait, la situation aurait peut-être pris une autre tournure et, connaissant la violence contenue de Louis, elle aurait sans doute été dramatique.

— Alors, explique-moi. Qu'est-ce qu'il faisait? Il était caché comme toi et il la regardait?
— Je me cache mieux que lui. Il ne m'a pas vu.

— Et elle, tu crois qu'elle l'a vu ?
— Ça m'étonnerait. Ce n'est pas elle qu'il suivait.
— Qui, alors ?
— Le gamin.

Gabarre recula d'un pas et s'assit sur un tronc abattu qui s'étalait le long de la berge. La chaleur gagnait le bord de la rivière, malgré la fraîcheur qui montait de l'eau. Il s'épongeait le front avec un grand mouchoir à carreaux plié en huit.

— Tu es sûr de ce que tu dis ? C'est le gamin qu'il observait ?
— Pourquoi je mentirais ?
— Il a essayé de lui parler ?
— Non.
— Il ne lui a pas parlé ou il n'a pas essayé ?
— Il n'a pas essayé.

Le gendarme poussa un soupir. Le dialogue avec Louis était toujours semé de ce genre de pièges. L'esprit du garçon ne saisissait pas les nuances. Il prenait les mots pour ce qu'ils disaient. On ne pouvait pas lui en faire le reproche. Mais c'était fatigant.

— Tu veux dire qu'il l'a fait ? Il a parlé au gamin, c'est bien ça ?
— Oui.
— Comment ça s'est passé ?
— C'était un matin. Elle était à la maison.

Louis disait toujours « elle », comme si son nom, Valentine, eût été trop violent, trop douloureux.

— Le gamin était parti jouer du côté du château.

Les gens de la région appelaient ainsi jadis les ruines d'une maison forte qui avait, disait-on, abrité Agnès Sorel. Cette dénomination était de plus en plus abandonnée car les ruines en question n'étaient qu'un amas de pierrailles et de ronces. Mais Louis gardait les anciens usages.

— Tu les as suivis ?

— Bien sûr. Vous savez, ce petit, c'est un peu elle quand même.

Gabarre comprenait que le pauvre simplet caressait l'idée folle de pouvoir, en protégeant son fils, mériter la reconnaissance de Valentine et peut-être son amour.

— Qu'est-ce qu'ils se sont dit ?

— J'étais trop loin. Je ne pouvais pas entendre. Votre gars, là, Morlac, il est sorti de sa cachette et il a parlé longtemps. Le gamin l'a écouté mais quand il a voulu le prendre par la main, le sauvageon, il a fait comme j'aurais fait, pardi. Il a détalé.

— Morlac a essayé de nouveau par la suite ?

— Une fois. Mais quand le gosse l'a aperçu, il ne l'a pas laissé approcher. Il est parti en courant.

— Tu crois qu'il a raconté ça à sa mère ?

— Ça m'étonnerait.

— Qu'est-ce qui te fait penser ça ?

— S'il avait dit quelque chose, les jours suivants, elle ne l'aurait pas laissé se promener tout seul. Je crois que c'est pour ça, d'ailleurs, qu'il n'a rien dit :

pour pouvoir continuer à courir où il veut. En tout cas, à sa place, c'est ce que j'aurais fait.

Le gendarme hocha la tête puis il se releva, s'approcha de Louis et lui pinça l'oreille. C'était le geste de Napoléon pour ses soldats et Gabarre le savait. Mais, après tout, pourquoi ne pourrait-on pas imiter ce qu'il y avait de mieux chez l'Empereur ? Louis avait l'habitude de cette privauté et il la prenait pour ce qu'elle était : un signe d'encouragement et de félicitations.

— Tiens-toi prêt à me revoir bientôt ! lança le maréchal des logis.

Mais la formule était rituelle et Louis savait que des mois pouvaient passer sans qu'il entende parler de Gabarre. Il prit un air respectueux et légèrement terrorisé pour donner à croire qu'il avait compris la leçon. Puis, sans en demander plus, il s'éclipsa avec sa truite.

*

Comme le soleil avait disparu, Morlac et le juge marchaient maintenant autour de la cour. Leurs mains gonflaient les poches de toile cousues sur leurs vestes.

— Après la révolution de février, les Russes ont commencé à se chamailler, dit le prisonnier.

— Entre tsaristes et révolutionnaires, je suppose ?

— Des tsaristes, il n'y en avait plus beaucoup. Peut-être chez les officiers, mais, en tout cas, ils se taisaient. Non, la bagarre, c'était entre les partisans du gouvernement provisoire et les soviets qui voulaient continuer la révolution. Afoninov était à fond pour les soviets.

— Et vous?

— Moi?

Morlac se troubla. Il savait qu'il lui faudrait parler de lui. Son rôle dans l'affaire, il l'assumait. Mais c'était les débuts qui semblaient lui poser problème. Comment expliquer de quelle manière il s'était retrouvé là-dedans?

— Vous savez, au départ, je ne pensais pas avoir à utiliser un jour les livres que j'avais lus.

— Les livres que vous aviez lus chez Valentine?

Morlac ne voulait pas répondre à cela et, cette fois, Lantier se jugea maladroit d'avoir été aussi inutilement direct.

— Pendant ma permission, j'ai beaucoup lu. La guerre m'avait changé. Je n'imaginais pas que tout cela pouvait exister. Les obus, les peuples en uniforme, les combats où, en quelques minutes, des milliers de morts se retrouvent allongés en plein soleil. J'étais un petit paysan, vous comprenez? Je ne savais rien. Même si je m'étais mis à lire avant la guerre, c'était des livres sans importance. Quand je suis revenu en permission, c'était autre chose : il fallait que je trouve des réponses. Je voulais voir ce que d'autres avaient pu comprendre de la guerre, de la société, de l'armée, du pouvoir, de l'argent, de toutes ces choses que je découvrais.

— Combien de temps êtes-vous donc resté en permission ?

— Deux semaines. C'est bien trop peu. Mais les livres que je n'avais pas pu lire, je les ai emportés.

— Il n'en tient pas beaucoup dans un barda.

— J'en ai pris trois.

— Lesquels ?

Morlac se redressa pour donner les titres, comme s'il annonçait les Évangiles.

— Proudhon, *Philosophie de la misère*, Marx, *Le 18 Brumaire*, et Kropotkine, *La Morale anarchiste*.

— Vous n'avez pas eu de problème avec des textes de ce genre dans votre sac ?

— En fait, l'état-major n'a commencé à se méfier qu'après la révolution russe. Et puis, j'avais pris mes précautions. Les couvertures étaient changées. Vus de l'extérieur, c'était des romans d'amour.

Lantier pensa au père de Valentine, rompu aux méthodes clandestines. La fille avait été formée très tôt à la dissimulation. Elle ne devait pas être mécontente de faire entrer Morlac sur son terrain, de partager avec lui ces dangereux secrets.

— Qu'est-ce que vous y avez trouvé, dans ces livres ?

— Quand ils expliquaient le monde, je comprenais ce qu'ils disaient. Mais leurs idées de révolution me paraissaient être de doux rêves ou, à la rigueur, une promesse pour l'au-delà, comme le paradis. Avec les événements de Russie, je comprenais que tout cela était possible.

Il s'était arrêté et regardait Lantier bien en face. Il était transfiguré. Il n'y avait pas de gaieté en lui, toujours pas, seulement une sorte d'irradiation qui venait de l'intérieur. Son regard était plus ardent, il respirait plus profondément, sa peau se colorait d'un afflux soudain de sang. Ce n'était plus le paysan borné à sa terre mais un homme avide d'espace et d'avenir. Sans entendre ses propos, on aurait pu croire qu'il était fou.

— Rendez-vous compte. Nous étions au fond de l'enfer, dans un cloaque. Le monde avait sombré dans la barbarie. Et, en même temps, quelque part, la volonté d'un peuple lui avait permis de se débarrasser d'un tyran ! Il fallait terminer le travail. Il fallait continuer la révolution, pas seulement en Russie mais partout. Pour cela, la première chose à faire était de mettre fin à cette guerre. Si nous nous révoltions, les généraux resteraient seuls pour la faire... Nous pouvions les abattre avec les mêmes méthodes qui étaient venues à bout de Nicolas II.

— Vous avez pris part aux mutineries ?

Lantier s'étonnait de ne rien avoir vu de tel dans le dossier militaire du prisonnier. Au contraire, c'est en 1917 qu'il avait été décoré pour un acte d'héroïsme.

— Non, confirma Morlac.

— Il y en a eu dans votre unité ?

— Des actes stupides. Plusieurs gars se sont mutilés pour être évacués. C'était des petits égoïstes qui voulaient sauver leur peau. Ils se croyaient malins mais, en général, ils étaient découverts, on les jugeait et parfois on les fusillait. Qu'est-ce que ça changeait?

Pendant la guerre, Lantier avait vécu une affaire comme celle-là dans son unité : un jeune ouvrier boulanger s'était fait emporter deux doigts en brandissant le bras au-dessus de sa tranchée, pendant une nuit de garde. Les lignes étaient très proches. Un autre pauvre type, en face, avait dû comprendre ce qu'il voulait et avait tiré. C'était une histoire sordide mais, comme chef de section, Lantier n'avait rien pu faire d'autre que d'envoyer le gamin en cour martiale. Il ignorait ce qu'il était devenu.

— Avec les Russes, on avait d'autres idées. On voyait les choses en grand.

Ce qu'il y avait de dérangeant dans le personnage de Morlac apparaissait en pleine lumière. Lantier n'avait pas décelé jusque-là l'origine de la méfiance mêlée de fascination que le prisonnier lui inspirait. Voilà que, tout à coup, il comprenait : c'était ce mélange de réserve et de mégalomanie, sa feinte modestie et sa conviction profonde d'être plus malin que les autres. Morlac était un nain que dévoraient des ambitions de géant. On ne savait s'il fallait le plaindre de tenir enfermés de si grands idéaux dans sa personne ou rire de sa prétention à embrasser de tels desseins.

— Avec Afoninov et ses copains, nous avons mûri un plan très ambitieux qui impliquait les Bulgares. Notre raisonnement était simple : pour qu'un mouvement de résistance à la guerre soit efficace, il fallait qu'il se développe des deux côtés du front. Sinon, ça se transformerait en défaite pour l'un ou l'autre camp et ceux qui refuseraient le combat seraient qualifiés de traîtres. Nous, ce que nous voulions, c'était d'abord la fraternisation et, ensuite, la désobéissance.

— Ça s'est produit en France aussi, ces trêves entre soldats du front. On m'a parlé d'une affaire comme ça à l'occasion de Noël.

— Oui, renchérit doctement Morlac, il y a eu des fraternisations. Mais sans une base politique, ça ne pouvait pas aller loin. C'est pour cela que nous voulions nous appuyer sur des hommes qui partageaient nos idées révolutionnaires.

— Vous aviez des officiers, des cadres. Ils vous ont laissés faire ? Est-ce qu'ils partageaient vos idées ?

Le prisonnier eut un petit sourire méprisant.

— Nous n'allions pas prendre de risques inutiles et tenter de rallier des ennemis de classe à notre cause. Nous avons seulement employé les méthodes de la clandestinité. Officiellement, j'allais chez les Russes pour boire et écouter leur musique. J'avais mon chien, c'était commode : je disais à mon sergent que Guillaume était tout le temps fourré là-bas parce qu'il avait trouvé une copine, ce qui était vrai. Et il m'autorisait à aller le chercher.

— Ils avaient des chiens aussi, les Russes ?

— Je ne sais pas d'où elle venait, ils l'avaient

peut-être ramassée sur place, en tout cas, ils avaient une mascotte avec eux, une chienne qu'ils appelaient Sabaka. Guillaume était beaucoup plus grand qu'elle mais il a trouvé le moyen de lui faire des petits. Je suis parti avant qu'elle mette bas et je ne sais pas à quoi ils ont pu ressembler.

Dujeux entra dans la cour et annonça que le déjeuner du détenu était arrivé. Ils regagnèrent la cellule. Comme le geôlier avait compris que l'interrogatoire s'éterniserait, il avait disposé une petite table avec deux assiettes et deux verres. Le juge s'assit en face de Morlac et ils continuèrent leur discussion en mangeant la soupe tiède que Dujeux avait sortie des pots en fer-blanc qu'on lui avait livrés.

— Donc, ce plan ?

— C'était simple mais assez difficile à réaliser. Il y avait un secteur, près du Fort Rupel, où les lignes bulgares et les nôtres étaient toutes proches. Ce n'était pas comme ça partout. Dans cette région montagneuse, on avait plutôt affaire à des postes isolés assez éloignés les uns des autres. Les Russes, avec leurs coureurs, savaient que les unités bulgares étaient relevées tous les dix jours. Il y en avait une qui comptait beaucoup de soldats acquis à la cause. L'idée était d'attendre qu'elle monte en ligne. Une fois dans les tranchées du front, il y aurait un signal, les troupes bulgares abattraient leurs officiers et nous sortirions pour fraterniser. Des camarades, tout le long du front, répercuteraient la nouvelle et organiseraient le soulèvement. On ferait passer des proclamations à Salonique et à Sofia. Les ouvriers civils se soulèveraient. Ce serait la fin de la guerre et le début de la révolution.

— Mangez, ça va être froid.

Morlac regarda son assiette et parut mettre un instant à revenir à lui. Il lampa sa soupe rapidement, pressé d'en finir avec ces contingences.

— Et comment cela s'est-il passé, finalement?

Le prisonnier se rembrunit. Il posa lentement sa cuiller et arracha un bout de pain pour nettoyer son assiette.

— Comme prévu, au début.

— Au début seulement?

Il y eut un silence. Morlac était redevenu sombre et avait repris son air buté.

— Il a fallu près de trois semaines de préparation. Moi, je devais trouver un prétexte pour me rendre dans les lignes russes à l'heure de l'action. Il y a eu un contretemps dans la rotation des troupes bulgares. Finalement, tout est tombé en place le 12 septembre.

— C'est la date de votre citation, il me semble?

Morlac haussa les épaules sans répondre. Il se recula et passa un ongle entre ses dents, sur le côté.

— C'était une belle nuit. Il avait fait chaud dans la journée. Tout le monde était confiant, reposé. Mais il y avait beaucoup de tension. Le moment délicat, c'était la sortie dans le no man's land. Par malheur, il n'y avait pas de lune cette nuit-là et on n'y voyait pas grand-chose. On avait prévu les cisailles pour couper les lignes de barbelés. Une fois le contact réalisé, on pourrait allumer des lampes et s'organiser. Le plus dangereux, c'était le début.

— Combien étiez-vous dans la confidence ?

— Côté russe, presque toute l'unité était dans le coup. Afoninov m'avait assuré que, du côté bulgare, il y avait au moins deux cents hommes qui seraient partants. En plus, ça tombait bien parce que chez eux les officiers du secteur avaient été convoqués à l'état-major.

Dujeux entra pour débarrasser les assiettes. Il déposa une pomme devant chacun puis ressortit.

— On avait prévu quatre heures du matin pour l'action. Ça permettait de s'organiser avant le lever du soleil mais de ne pas rester trop longtemps dans l'obscurité, une fois qu'on aurait réuni les deux camps.

— Le signal, c'était quoi ?

— *L'Internationale*. On devait chanter côté bulgare et, nous, on reprendrait en chœur. Les positions étaient si proches qu'on entendait tout, surtout la nuit. À quatre heures, on a entendu l'hymne qui montait d'en face. Vous ne pouvez pas imaginer l'effet que ça nous a fait.

Il sembla au juge que Morlac avait les yeux humides. En tout cas, il sortit un mouchoir et dissimula son émotion en soufflant dedans.

— Ensuite, tout est allé très vite. On n'a pas compris sur le moment ce qui se passait. C'est après qu'on a pu reconstituer les faits.

Il se moucha de nouveau, bruyamment cette fois. Et il reprit son air contrarié.

— Je vous fais grâce des détails. Tout est venu de Guillaume. Il était avec moi, comme d'habitude. Il a une bonne vue et l'instinct du chien de chasse. Quand il a senti que ça bougeait en face, il a grimpé sur un escabeau et il est sorti de la tranchée. Un Bulgare s'est avancé, comme prévu. Mais le chien n'était pas dans la confidence...

Il ricanait.

— Il lui a sauté à la gorge. Il l'avait déjà fait au moment de l'escarmouche à la baïonnette et on l'avait félicité, n'est-ce pas? Pour lui, un ennemi, c'est un ennemi. C'est un bon chien fidèle.

Morlac formait sur son visage une grimace épouvantable.

— Fidèle, oui, répéta-t-il.

Lantier commençait à comprendre.

— Le Bulgare a hurlé. Dans la nuit noire, tout le monde s'est affolé. Les camarades les plus engagés dans l'affaire avaient beau crier que ce n'était rien, les autres ne les croyaient pas. Ils ont pensé qu'on leur avait tendu un piège. Certains ont commencé à tirer. Il y a eu riposte de chez nous. Des fusées éclairantes ont été lancées. Les artilleurs, de notre côté, ont réagi rapidement et ont arrosé les tranchées d'en face. Vous voyez le tableau.

— Comment vous en êtes-vous tiré?

— Avec Afoninov, on était consternés. On a d'abord retenu les gars. Ensuite, l'affaire a pris une autre tournure. C'était de nouveau la guerre. Chacun sa peau. Quelqu'un a donné le signal de l'offensive. Les Russes sont sortis et moi avec. Les Bulgares avaient préparé la mutinerie soigneusement : ils avaient éliminé tous les sous-officiers dans le secteur. La pagaille était complète dans leurs lignes et on les a enfoncés sans résistance. C'était affreux. On tuait des camarades qui s'apprêtaient à nous rejoindre. Quelques minutes plus tôt, on était prêts à fraterniser, et là, dans l'ambiance de l'offensive, on tuait tout ce qu'on rencontrait.

— Finalement, vous avez été blessé ?

— Au bout d'une heure, à peu près. On avait franchi trois lignes de défense et nos artilleurs n'avaient pas anticipé une telle avance. Ça s'est mis à marmiter et j'ai été atteint par un éclat à l'arrière du crâne. Ce n'était pas profond mais ça m'a sonné. Je me suis réveillé trois jours après à Salonique, dans un hôpital.

VIII

— Voilà comment je suis devenu un héros.

Morlac, pour ponctuer cette conclusion, avait mordu méchamment dans sa pomme.

— À cause d'un chien, en somme, avança le juge.

Le prisonnier acquiesça en mâchouillant.

— C'est pour ça que vous en voulez à Guillaume ?

— Je ne lui en veux plus, dit-il en crachant un pépin. D'accord, en me réveillant à l'hôpital, c'était autre chose : quand je me suis rendu compte de ce qui s'était passé, j'ai eu envie de le tuer. Dès que j'ai pu me lever, je l'ai vu en bas, dans la cour, qui m'attendait. Et pendant des nuits entières, jusqu'à ma convalescence, j'ai imaginé comment je m'en débarrasserais.

Morlac lança le trognon sur la table.

— Mais je ne pouvais pas faire ça. D'abord, j'étais cloué au lit. Et surtout, j'étais un héros, vous comprenez ? Des officiers m'avaient apporté ma citation signée par Sarrail en personne. Quand le général Guillaumat lui a succédé, il est venu visiter l'hôpital et il est entré dans ma chambre avec son état-major pour me congratuler. Tout le monde me parlait de mon chien. Les gens savaient qu'il avait été au front avec moi. Les infirmières le nourrissaient dans la cour et me donnaient de ses nouvelles. Personne n'aurait compris que je l'abatte d'un coup de revolver. Et pourtant, c'est à ça que je pensais jour et nuit.

Il ricanait, avec la même mimique amère qui irritait tant Lantier.

— J'ai passé tout l'hiver enfermé, avec des soins. Mais, aux premiers beaux jours, les médecins ont cru me faire plaisir en m'autorisant les promenades. Et ces dindes d'infirmières m'amenaient Guillaume pour me tenir compagnie ! Elles s'étaient même cotisées pour lui acheter un beau collier. La seule chose qui me consolait de devoir supporter sa présence, c'était de voir la tête qu'il faisait au bout d'une laisse.

— Mais c'est un chien, vous ne pouvez pas lui en vouloir...

— C'est ce que j'ai fini par me dire. Il m'a fallu presque six mois. C'était en plein été, je m'en souviens comme si c'était hier. On était assis à l'ombre d'un pin parasol, lui et moi. Je regardais sa nuque pelée parce que lui aussi avait été blessé dans cette histoire et il cicatrisait lentement. Et tout à coup, j'ai eu une sorte d'étourdissement. J'ai cru que ça tournait autour de moi. En fait, c'était dans ma tête : tout se mettait en place brutalement. Un grand chambardement d'idées.

Il se leva et marcha jusqu'au fond de la cellule. Puis, se retournant brutalement :

— C'était lui, le héros. C'est ça que j'ai pensé, voyez-vous. Pas seulement parce qu'il m'avait suivi au front et qu'il avait été blessé. Non, c'était plus profond, plus radical. Il avait toutes les qualités qu'on attendait d'un soldat. Il était loyal jusqu'à la mort, courageux, sans pitié envers les ennemis. Pour lui, le monde était fait de bons et de méchants. Il y avait un mot pour dire ça : il n'avait aucune humanité. Bien sûr, c'était un chien... Mais nous qui n'étions pas des chiens, on nous demandait la même chose. Les distinctions, médailles, citations, avancements, tout cela était fait pour récompenser des actes de bêtes.

Il était maintenant debout face à Lantier mais il regardait plus loin, plus haut, ce qui, dans cette étroite cellule, revenait à fixer le mur.

— Au contraire, la seule manifestation d'humanité, celle qui aurait consisté à faire fraterniser des ennemis, à décider la grève de la guerre, à forcer les gouvernements à la paix, cet acte-là était le plus condamnable de tous et nous aurait valu la mort, si nous avions été découverts.

Il attendit un instant, se calma et alla se rasseoir.

— Quand j'ai compris ça, j'ai cessé de détester Guillaume. Je n'avais aucune raison de l'aimer non plus. Il avait obéi à sa nature et sa nature n'était pas humaine. C'était la seule excuse qu'il avait. Tandis que ceux qui nous envoyaient au massacre n'en avaient aucune. En tout cas, c'est à ce moment-là que j'ai décidé ce que j'allais faire.

Lantier était resté silencieux pendant ce long aveu. Il était profondément troublé. Au fond de lui, il comprenait tout ce que disait Morlac et il l'approuvait. Et pourtant, s'il avait été amené devant lui pour désertion ou mutinerie, il l'aurait en effet condamné sans hésitation.

Le prisonnier était épuisé par cette confession. Assis au bord de sa couche, il gardait les bras ballants et les yeux vagues. Son juge n'était pas plus alerte. Il éprouvait le besoin de sortir de cette pièce sans air, de marcher, de mettre de l'ordre dans ses idées. Depuis quatre jours qu'il enquêtait sur cette affaire, il était temps qu'il aboutisse à une conclusion ferme. Après tout, il ne fallait pas accorder à ce personnage et à son geste plus d'importance qu'ils n'en avaient.

Lantier était connu pour son aptitude à trancher, même dans les dossiers les plus délicats. Cette fois cependant, il n'y parvenait pas. Plus il en apprenait sur ce cas, plus son opinion devenait confuse. Il se demanda un instant si Morlac ne faisait pas exprès de lui brouiller les idées. C'était nier l'évidente sincérité de sa confession.

L'agacement du juge le fit agir, pour une fois, sans égard pour celui qu'il entendait. Il prit congé sèchement en disant :

— Tenez-vous prêt, demain, à signer le procès-verbal de votre audition.

Quand il se retrouva dehors, sur la place Michelet encore tiède du soleil qui l'avait baignée, il se passa la main sur le visage et observa autour de lui, comme un dormeur qui s'éveille d'un cauchemar.

La première présence qu'il perçut fut celle de Guillaume qui avait repris sa garde sous les arbres. Le chien, sans aboyer, le suivit des yeux jusqu'à ce qu'il ait tourné le coin de la rue.

*

Valentine ne fumait pas, d'ordinaire. Mais sa démarche l'avait mise mal à l'aise et elle avait choisi ce moyen pour décompresser. Lantier lui avait passé son paquet de gris et elle toussait en avalant de longues bouffées de sa cigarette mal roulée.

Il l'avait trouvée en entrant dans le hall de l'hôtel et elle avait de nouveau demandé à lui parler. Cependant, cette fois, ce n'était pas pour un bref entretien. Elle voulait se confier et, avec l'audace des timides, elle cachait à peine qu'elle espérait qu'il l'invite à dîner. Il se moquait bien de ce que les gens diraient et elle aussi, apparemment. Il l'avait emmenée dans le restaurant où il avait rencontré l'avoué. La salle, cette fois, était tout à fait vide. Elle s'efforçait de paraître détachée mais elle avait les yeux qui brillaient. Elle caressait le tissu blanc et moelleux de sa serviette comme le pelage doux d'un animal.

— Ça n'est pas mon habitude, de faire des confidences à un type en uniforme. Vous avez dû vous renseigner. Vous savez d'où je viens.

Elle avait bu la moitié de la bouteille de bordeaux en un quart d'heure. Lantier ne voulait surtout pas qu'elle croie qu'il cherchait à la saouler. Mais elle savait ce qu'elle faisait. Pour curieux que cela pût paraître, elle restait maîtresse d'elle-même, peut-être davantage que lorsqu'elle était à jeun.

— Quand je l'ai rencontré, il était à peine sorti de sa ferme.

Le sujet, c'était Morlac, évidemment. Lantier s'en serait volontiers passé. Il avait envie d'être seul et d'oublier cette histoire. Mais c'était ainsi; il n'en avait pas terminé. Autant qu'il aille jusqu'au bout et qu'il écoute ce qu'elle avait à lui dire.

— Ce qui m'a plu? Pourquoi je me suis intéressée à lui?

Il ne lui avait rien demandé. C'est à ce genre de supposition qu'il comprenait qu'elle était un peu grise. En fait, elle se parlait à elle-même.

— Il n'avait pas l'air d'un paysan, voilà. Il y a des êtres, comme ça, qui vivent hors de leur classe. C'est assez rassurant, vous ne trouvez pas? On m'a beaucoup parlé de la lutte des classes. Toute mon enfance, mon père ne parlait même que de ça. J'ai accepté cette idée. C'est la réalité; on ne peut pas la refuser. Mais quand il est mort et que je me suis retrouvée ici, à la campagne, je me suis dit que ce n'était pas suffisant. Il y a les êtres, aussi. Leur histoire peut les faire changer de classe, comme moi, par exemple. Et puis, il y a ceux qui semblent vivre en dehors de tout cela, par eux-mêmes, en quelque sorte.

Elle n'avait presque pas touché à son bœuf mironton. Elle ne devait pas avoir l'habitude de la viande, des sauces.

— Quand on s'est connus, Jacques savait à peine lire. Il a appris pour me faire plaisir, je le sais. Ça me gênait et, en même temps, j'aimais l'idée qu'il fasse cet effort pour moi. C'était une preuve d'amour. Il ne savait pas parler d'amour mais il avait trouvé ça pour me dire ce qu'il sentait.

— Qu'est-ce qu'il lisait?

— N'importe quoi. Des romans, surtout. Il ne me disait pas ce qu'il préférait mais je voyais les trous dans ma bibliothèque, quand il partait. J'ai toujours su où étaient mes livres. On ne dirait pas comme ça. Ils n'ont pas l'air classés. Mais, moi, je sais.

Sa maigreur était plus apparente, à cette saison chaude. Elle portait un petit gilet mal tricoté par-dessus sa robe mais, avec la chaleur du vin, elle l'avait enlevé et Lantier pouvait voir son cou aux muscles saillants, les salières creuses sur lesquelles glissaient les bretelles de son bustier.

— J'avais *La Nouvelle Héloïse*, parce que c'était Rousseau et que mon père voyait en lui le penseur des Lumières. Mais je savais bien que si Jacques le gardait si longtemps, c'était pour autre chose. Il était romantique, sans le savoir. Et j'aimais cela.

— Vous ne lui parliez pas de politique?

— Jamais, à ce moment-là. Quand la guerre a été déclarée, on a discuté une fois de la situation. Il était incroyablement naïf. À vrai dire, il ne savait rien. Pour ça, il était bien un paysan. Il trouvait normal qu'un jour on vienne le chercher pour se battre, même si ça ne lui plaisait pas. Quand il est parti, j'ai essayé de lui parler. Mais j'ai compris que c'était inutile. Je me suis vue faire des choses que je n'aurais jamais imaginées. Je lui ai tricoté une écharpe. Je voulais qu'il parte avec quelque chose de moi. Quand mon chien l'a accompagné, j'ai été très heureuse.

— Guillaume, c'est votre chien ?

— Il ne s'appelait pas comme ça, à l'époque. C'était le chien de ma grand-tante, le fils de sa vieille chienne briard, plutôt. On avait noyé les autres mais celui-là, ma tante l'avait gardé pour moi. Je l'appelais Kirou.

Elle riait mais, par coquetterie, elle ne laissait jamais voir longtemps ses dents, car il lui en manquait une sur le côté et elle savait que ce n'était pas beau.

— C'est un chien qui aimait beaucoup les hommes. Chaque fois que le facteur venait, il le suivait et il se passait souvent plusieurs jours avant qu'il ne rentre. Quand Jacques a commencé à venir chez moi, il lui faisait fête.

— Vous lui avez dit de l'emmener à la guerre ?

— Pensez-vous ! Il est parti tout seul. Et j'étais heureuse de ça.

— Il vous a donné des nouvelles?
— Tant qu'il était en France, j'ai reçu des lettres chaque semaine. Et, un jour, il est revenu.

La bouteille était vide. Lantier hésitait à en commander une deuxième. Elle émiettait le pain et picorait des petits bouts de croûte.

— On était fin décembre. Il faisait très froid. Le froid humide de par ici. On restait au chaud toute la journée et toute la nuit. J'ai brûlé toute la réserve de bois que j'avais faite pour l'hiver. Ça m'était égal. Je voulais qu'il soit bien.

— Il avait changé?
— Complètement. On aurait dit un arbre sans feuilles, dur, tout desséché. Il ne souriait plus. Il parlait beaucoup.

— De quoi?
— Des combats, même s'il n'était pas au front à ce moment-là. De tous ces hommes qu'il avait découverts à l'armée. De ces armes incroyables qui avaient été inventées pour tuer des gens. Il ne comprenait rien. La guerre était un mystère pour lui. Il n'avait jamais imaginé ça. Il voulait savoir. La politique, l'économie, les peuples, les nations, il se posait des questions sur tout.

Elle saisit son verre et regarda tristement le fond de vin qui y restait. Lantier commanda une autre bouteille.

— Je n'avais pas envie de lui parler de ces sujets abstraits. C'est difficile à comprendre, peut-être. Mais, voyez-vous, j'étais amoureuse et je ne voulais penser qu'à cela. Je savais qu'il n'allait pas être ici longtemps. Je voulais être heureuse. Je voulais l'embrasser, le toucher, me serrer contre lui. Alors, je me suis contentée de lui conseiller des livres. Il a commencé à lire les ouvrages politiques qui ne l'avaient pas intéressé jusque-là. Et moi, pendant qu'il lisait, je le regardais, je le couvrais de baisers, je me tenais dans sa chaleur.

— Combien de temps est-il resté ?

— Deux semaines. Évidemment, j'ai été enceinte. Je savais que ça allait se produire. Je le voulais. Je pourrais presque dire quand notre enfant a été conçu. Mais je ne lui ai pas parlé.

La serveuse était revenue avec la nouvelle bouteille. Elle remplit les verres d'un air revêche et elle répandit un peu de vin sur la nappe, sans s'excuser.

— Il est reparti en emportant trois livres.

— Proudhon, Marx et Kropotkine.

— Il vous l'a dit.

Pour la première fois depuis le début de leur conversation, elle regarda Lantier avec attention et il eut l'impression qu'elle s'apercevait de son existence.

— Après, dit-il, il est parti pour l'armée d'Orient.

Elle parut soudain très lasse. Tout son visage s'affaissa comme si une intense douleur était revenue se saisir d'elle à l'intérieur.

— C'est ce qu'il m'a écrit. J'étais désespérée. Tant qu'il était en France, voyez-vous, je le sentais encore proche. Mais la guerre en Grèce, c'était autre chose. J'avais le sentiment qu'il ne reviendrait pas. Je lui ai envoyé une lettre pour lui dire que j'attendais un enfant. Il me semblait qu'il fallait qu'il le sache avant de partir. Au fond, peut-être que j'espérais qu'il trouverait un moyen de rester près de moi.

— Comment a-t-il pris la nouvelle ?

— Il m'a répondu que c'était bien et il m'a dit d'appeler l'enfant Marie si c'était une fille et Jules si c'était un garçon, au cas où il naîtrait avant son retour.

Elle eut un rire nerveux.

— Je vous l'ai dit : il ne sait pas exprimer ses sentiments.

Lantier eut l'impression de voir une larme briller au coin de ses yeux mais elle fit un mouvement de tête pour rejeter ses cheveux en arrière et tout disparut.

— Alors, j'ai compris qu'il n'y avait plus qu'un espoir : que la guerre se termine au plus vite. J'avais pris mes distances avec les anciens amis de mon père. Je ne voulais plus entendre parler d'eux. La politique nous avait fait assez de mal. Mais, d'un seul coup, j'ai changé d'avis. Les seuls qui se battaient contre la guerre, qui avaient déclaré tout de suite qu'elle était une infamie, qui avaient démonté ses causes et entendaient traiter le mal à la racine, c'était ces utopistes, ces agitateurs socialistes que j'avais méprisés à tort. J'ai écrit à l'un d'entre eux, un certain Gendrot, qui était mon parrain. Il avait cherché à me voir après la mort de mon père mais je ne lui avais jamais répondu. Par bonheur, il avait toujours la même adresse et il a reçu ma lettre.

Trois hommes étaient entrés dans le bar, séparé du restaurant par une cloison en verre dépoli qui n'arrivait pas jusqu'au plafond. On les entendait rire et discuter bruyamment avec le patron.

— Ce Gendrot était un compagnon de Jaurès. Après son assassinat, il est resté fidèle aux idées pacifistes. Il a eu des soucis avec les militaires.

Lantier était heureux de voir qu'elle ne semblait plus le considérer comme tel. Elle se confiait à lui et faisait la part des choses.

— Il a continué d'animer un groupe très actif contre la guerre. Ils avaient des activités officielles, avec un journal plus ou moins censuré. Mais ils s'occupaient aussi de soutenir tous les militants pacifistes, surtout les étrangers qui étaient obligés de se cacher.

— Vous n'aviez pas peur d'avoir des ennuis, en lui écrivant?

— Quels ennuis? Vous savez, j'ai toujours été surveillée, à cause de mon père. Mais la police sait que je ne fais rien de mal. De toute façon, je n'ai pas dit grand-chose dans ce message, sinon que je voulais le revoir parce que, après tout, il était toujours mon parrain.

— Il vous a répondu?

— Il a envoyé quelqu'un. Un mineur du Creusot qui a fait cent kilomètres à pied pour venir me parler. Il est resté deux jours. Il a vu où j'habitais et il a compris quels services je pouvais rendre.

— Ils n'ont pas voulu que vous alliez vivre en ville ?

— Au contraire. Ils avaient besoin de planques en pleine campagne pour les gars en fuite ou ceux qui devaient se faire oublier.

— Vous l'avez écrit à Morlac ?

Ils avaient commandé des cafés et elle touillait le sien dans lequel elle avait fait lentement fondre deux sucres.

— Malheureusement non. Je ne voulais pas qu'il s'inquiète. Je faisais ça pour moi, vous comprenez, pour me sentir utile, pour contribuer, même un peu, à écourter la guerre.

— Il était déjà parti en Grèce ?

— Je ne savais pas. Le courrier devenait très irrégulier. Jacques était trimballé d'un camp à l'autre, de plus en plus au sud. Finalement, on les a amenés à Toulon. Mais l'embarquement était tout le temps retardé, à cause de la guerre sous-marine.

Elle fit une grimace. Les cris d'ivrognes redoublaient dans le bar et couvraient par instants sa voix car elle parlait bas.

— Gendrot, en tout cas, n'a pas perdu son temps. Il m'a fait livrer des paquets de tracts clandestins que je devais cacher, en attendant leur distribution. Il a envoyé chez moi un couple de Belges qui s'étaient évadés d'un camp d'internement. Pendant ces six mois, il y a eu du monde à la maison presque tout le temps.

— Et Morlac n'était toujours pas au courant ?

Elle baissa la tête. Revivre cette époque était visiblement très douloureux. Elle se tordait nerveusement les doigts.

— Je ne lui ai rien dit. Depuis que c'était devenu concret, il était impossible que je livre des détails dans mes lettres. Il y avait la censure militaire... Mais, c'est vrai, j'aurais dû le prévenir quand même. Ça aurait évité qu'il le découvre lui-même.

— Qu'il le découvre ? Mais comment pouvait-il le savoir puisqu'il était loin ?

— Il est revenu.

— Vous voulez dire qu'il a eu une deuxième permission ?

— En juillet, peu de temps avant d'embarquer, il avait réussi à obtenir une permission de trois jours. Il n'a pas dit où il allait ; on ne l'aurait jamais autorisé. Il a fait des prodiges, en sautant dans des trains de marchandises, en volant un cheval, en marchant les derniers kilomètres jusqu'à faire éclater ses chaussures. J'ai su tout cela après...

Elle riait, d'admiration, de regret, de désespoir.

— Il est arrivé au petit matin. Il s'est caché derrière le muret du potager. Vous voyez où c'est ? Il voulait me faire une surprise.

Elle renifla et se redressa, pour reprendre contenance.

— À ce moment-là, Gendrot m'avait envoyé un ouvrier alsacien qui était recherché pour sabotage. C'était un grand garçon blond très doux. Il parlait peu mais il m'aidait beaucoup. Avec la grossesse, il y avait des travaux que je ne pouvais plus faire dans le jardin. Cet Albert, il savait travailler un potager. Je n'avais même pas besoin de lui dire ce qu'il fallait faire.

— Vous n'avez qu'une pièce. Où dormait-il?

Elle releva la tête, crânement.

— Avec moi. Nous ne faisions rien. De toute façon, je n'étais pas loin d'accoucher. Mais, voyez-vous, je ne sais pas si un homme peut comprendre ça, j'avais besoin d'une présence. Je me calais contre lui. Je n'étais plus seule. Et mon enfant n'était plus seul non plus. C'est étrange à dire.

— Et lui, il s'en contentait?

— Je crois. Il était très tendre. Il me couvrait de baisers. Je sentais son désir quelquefois, mais il ne m'a jamais forcée. Il me disait que la tendresse lui suffisait. Il souffrait beaucoup d'être loin de sa famille. Une famille de femmes, d'ailleurs, avec sa mère et quatre sœurs.

— Morlac vous a trouvés ensemble?

— Il a vu Albert sortir de la maison, parce qu'il se levait toujours avant moi pour faire sa toilette près du puits.

— Le garçon savait que vous aviez un amoureux à la guerre?

— Il s'en doutait, vu mon état. Mais la règle, entre camarades, c'était d'en dire le moins possible sur soi, au cas où on serait interrogés.

— Ils se sont parlé?

— Quand Albert a repéré le soldat dans le potager, il a voulu savoir ce qu'il faisait là. Morlac lui a demandé si j'étais à la maison. L'autre a répondu que je dormais encore.

Elle avait enroulé sa serviette autour d'un de ses doigts et serrait, serrait. Le sang ne passait plus. Ce devait être très douloureux.

— Albert a demandé s'il y avait un message. Jacques s'est redressé. Il a regardé un moment la porte fermée et il a dit « Non ». Ensuite, il est parti.

— Vous ne l'avez pas vu ?

— J'étais très fatiguée ce jour-là. L'enfant bougeait beaucoup. J'avais mal dormi. Je me suis levée une heure après. Albert était parti couper de l'herbe pour les lapins. Il m'a raconté la visite de Morlac pendant le déjeuner. Il était trop tard pour le rattraper.

Lantier la regardait. Malgré sa maigreur, son manque de soin, la trace des épreuves sur son visage, il y avait en elle un éclat qui la rendait belle, comme un feu qui ne veut pas mourir, une lumière qui brille d'autant plus que l'obscurité est totale.

— Vous lui avez écrit ?

— Bien sûr. Mais toujours à cause de la censure, je ne pouvais pas dire exactement ce qu'il en était. De toute manière, je ne suis même pas sûre qu'il recevait mes lettres.

— Il ne vous en a pas envoyé ?

— Jamais plus.

— Vous lui avez annoncé la naissance de votre fils ?

— Quand Jules est né, je lui ai écrit. Et un peu plus tard, j'ai même réussi à faire faire une photo en ville. Je n'ai pas su si elle lui était parvenue.

Cette fois, malgré ses efforts, elle ne put retenir ses larmes. Elles coulaient silencieusement, et roulaient comme des gouttes de pluie sur un bois sec. Elle en laissa tomber trois ou quatre avant de réagir. Elle passa sa serviette sur son visage puis reprit en regardant Lantier bien en face :

— Je vous assure, monsieur, que je n'ai jamais cessé de penser à lui. Je n'ai aimé que lui. Je n'aime que lui. Je rêve de lui. Parfois, les nuits d'hiver, je sortais dans le froid, sans me vêtir, sans même sentir le gel, et je criais son nom, comme s'il allait apparaître dans le potager, revenir à moi. Je fermais les yeux et je sentais son souffle, son odeur... Vous me croyez folle.

Lantier baissa les yeux. Le cri d'une femme amoureuse laisse toujours aux hommes l'impression qu'en cette matière ils sont d'une grande faiblesse.

— Quand il est revenu après la guerre, vous ne l'avez pas su ?

— Pas avant qu'il ne fasse ce scandale et qu'on l'arrête.

Les ivrognes, dans l'autre salle, sortaient en désordre. La serveuse guettait par l'entrebâillement de la porte battante, pour voir si elle devait apporter l'addition.

— Je compte sur vous, dit Valentine, en fixant intensément le juge dans les yeux.

IX

Avant d'aborder l'ultime étape de son enquête, Lantier éprouva le besoin de faire une longue promenade dans la campagne.

Il se leva au petit jour et partit en direction du nord, là où commençait la grande forêt qui s'étendait jusqu'à Bourges.

Les arbres étaient des chênes pour la plupart. Ils avaient été plantés, les premiers, dès l'époque de Louis XIV. À mesure qu'on avance dans les allées forestières, on découvre des alignements inattendus. Le désordre des troncs fait alors place, pour un instant, à une trouée rectiligne qui semble conduire jusqu'à l'horizon. Cette irruption de la volonté humaine dans le chaos de la nature ressemble assez à la naissance de l'idée dans le magma des pensées confuses. Tout à coup, dans les deux cas, naît une perspective, un couloir de lumière qui met de l'ordre dans les choses comme dans les idées et permet de voir loin. Dans les deux cas, ces moments lumineux ne durent pas. Dès que l'on reprend sa marche, dès que l'esprit se remet en mouvement, la vision disparaît, si l'on n'a pas pris garde de la fixer par la mémoire ou l'écriture.

Reste qu'avancer dans une telle forêt est un puissant stimulant pour la réflexion. Lantier en avait besoin. Au-delà de l'affaire qui le retenait, il pensait à la vie qui l'attendait, à l'étape qu'il allait franchir, en quittant la vie militaire. Il pensait à cette guerre qui prenait fin pour la seconde fois, avec ces derniers procès. Aussi rectilignes que ces trouées, des cimetières étaient édifiés sur les champs de bataille pour abriter les dépouilles des soldats morts. Mais ces graines-là ne pousseraient jamais.

Il découvrit un étang au cœur de la forêt et en fit le tour. Il croisa des chasseurs qui parcouraient les bois en prévision de l'ouverture. Ils étaient précédés de chiens qui vinrent le renifler. Lantier songea que la compagnie des chiens était la seule présence qui ne trouble pas la solitude. Il pensa à Guillaume et se dit que, dans son malheur, Morlac avait eu bien de la chance d'être accompagné sans cesse par cette bête. Et il lui en voulut d'en être si peu reconnaissant.

Il descendit ensuite dans une plaine qui était semée en orge et il longea les champs sur lesquels ondulait une marée d'épis blonds. Il se retrouva sur une route poussiéreuse qui ramenait à la ville. Il n'avait pas fait deux cents mètres qu'il aperçut un homme à vélo qui venait vers lui. C'était Gabarre.

— Je vous cherchais. On m'a dit que vous étiez par ici.

C'était la fin de la solitude. Le maréchal des logis marcha avec Lantier, en poussant son vélo. Il lui raconta ce qu'il avait découvert.

Il est aussi fidèle que Guillaume, celui-là, pensait Lantier. Mais tout de même, ça ne fait pas le même effet de se promener avec un gendarme...

*

Dujeux maudissait le juge, qui lui avait demandé de monter la garde dehors. Quelle idée d'interroger le prisonnier hors de sa cellule et de l'installer dans le bureau ! C'était le dernier jour, d'accord. Il lui fallait signer un procès-verbal et entendre les décisions du juge. Malgré tout, quelle idée... Le règlement était piétiné et, si ça tournait mal, Dujeux ne manquerait pas de faire valoir qu'il n'y était pour rien.

Lantier était assis derrière le bureau et le prévenu lui faisait face, dans un fauteuil à barreaux dont un accoudoir manquait.

— J'ai bien réfléchi, Morlac. Permettez-moi de vous dire ceci : l'idée que vous vous faites de l'humanité est assez incomplète.

— De quoi parlez-vous ?

— Cette histoire de fraternisation, la mutinerie que vous comptiez organiser, la fin de la guerre...

— Oui ?

— C'est ça, pour vous, l'humanité, n'est-ce pas ? La fraternité contre la haine, etc.

— En effet.

— Eh bien, c'est un peu court, je crois. L'humanité, c'est aussi avoir un idéal et se battre pour lui. Vous étiez pour la paix parce que vous ne croyiez pas à cette guerre. Vous êtes contre l'idée de Nation et contre les gouvernements bourgeois. Je me trompe ?

Morlac était un peu désemparé parce qu'il ne s'attendait pas à ce que la discussion démarre ainsi et il était sur ses gardes.

— Mais, poursuivit le juge, s'il s'agissait de se battre pour des idéaux auxquels vous adhérez, vous seriez d'accord, il me semble. Quand les révolutionnaires russes ont pris le pouvoir en octobre, n'avez-vous pas applaudi ?

— Si.

— Et lorsqu'ils ont tué le tsar et sa famille, avez-vous appelé à la fraternisation ?

— C'était le prix à payer pour empêcher le triomphe de la réaction.

— Ah, voilà ! Le prix à payer...

Lantier se leva et se tourna vers la fenêtre, les mains derrière le dos.

— Ne poursuivons pas sur ce sujet. Nous pourrions en parler longtemps, j'en suis sûr.

Il pivota et fixa le prisonnier.

— Je voulais juste que les choses soient claires. Nous n'avons pas les mêmes valeurs, nous ne croyons pas aux mêmes idées. Mais nous sommes l'un et l'autre des combattants.

— Si vous voulez. Et alors ?

— Alors, à mon avis, ce que vous avez fait, ce pour quoi je dois vous juger, du point de vue de votre combat, est une erreur.

Morlac marqua son étonnement.

— Une erreur et une faiblesse, si vous me permettez. Votre action n'est en rien cohérente par rapport au combat que vous menez et qui, dois-je vous le rappeler, n'est pas le mien.

— Je ne comprends pas ce que vous dites.

— Vous ne comprenez pas. Eh bien, reprenons les faits.

Lantier se rassit et ouvrit le dossier posé sur le bureau.

— « Le 14 juillet 1919, lut-il, à huit heures et demie du matin, tandis que le défilé se préparait sur le cours Danton, le dénommé Jacques Morlac s'est approché de la tribune officielle où avaient déjà pris place les corps constitués, autour de M. Émile Legagneur, préfet du département. Le susnommé Morlac est un ancien combattant issu d'une famille de cultivateurs, fort honorablement connue dans la région. Eu égard à ses blessures et à la Légion d'honneur qu'il avait gagnée au combat, le gendarme en faction auprès de la tribune d'honneur n'a pas jugé nécessaire de l'écarter. »

Morlac haussa les épaules. Il regardait dans le vague.

— « S'avançant jusqu'à M. le Préfet, le susnommé Morlac s'est arrêté à moins de trois pas de la tribune officielle. Un silence complet s'est alors fait parmi les invités d'honneur. Le susnommé Morlac, d'une voix forte, a interpellé les autorités en déclinant son identité. »

Lantier leva les yeux pour s'assurer que le prisonnier écoutait.

— « Il a alors déclamé, sans notes, le discours suivant, visiblement appris par cœur et prémédité : "Pour sa conduite exemplaire sur le front d'Orient, n'hésitant pas à attaquer un soldat bulgare animé pourtant d'intentions pacifiques, le soldat Guillaume présent devant vous a mérité la plus haute reconnaissance de la Patrie." »

Morlac laissa paraître un sourire triste.

— « Saisissant alors la croix, le susnommé Morlac a ajouté ceci : "Soldat Guillaume, au nom du Président de la République, je vous accueille dans l'ordre de l'ignominie qui récompense la violence aveugle, la soumission aux puissants et les instincts les plus bestiaux, et je vous fais chevalier de la Légion d'honneur." Accrochant la décoration au cou de son chien, il a mimé un salut militaire et pivoté pour se placer dans l'axe du défilé. Les premières troupes arrivaient à cet instant à la hauteur de la tribune. Le susnommé Morlac a marché à leur tête, précédé de son chien ridiculement décoré. »

Comme s'il avait entendu prononcer son nom, Guillaume, du fond de la place, jappa deux fois d'une voix affaiblie.

— « La foule massée sur l'esplanade, prenant soudain conscience de cette provocation, s'est déchaînée en rires et en quolibets. Les mots "À bas la guerre" ont été entendus. Des applaudissements ont fusé. Tout s'étant déroulé très vite et le gendarme en faction n'ayant pas entendu le discours du susnommé Morlac, il n'a pu être mis fin à temps à l'outrage public qu'il avait décidé d'infliger aux autorités. C'est le maréchal des logis Gabarre qui, assistant depuis son poste éloigné de la tribune au défilé grotesque du susnommé Morlac et du chien avec son collier rouge en tête des troupes, a procédé à son arrestation. Cette action, pourtant légitime, a déclenché des manifestations d'hostilité au sein de la foule. Le maréchal des logis a subi des jets de pierres et a été légèrement blessé à la tempe. Le Préfet a ordonné la dispersion de la foule et a dû requérir l'intervention des troupes en grands uniformes, initialement préparées pour le défilé. La cérémonie a pris fin sans que puisse être rendu cette année l'hommage solennel dû à la Nation. »

Lantier se redressa et repoussa le dossier.

— Vous voulez que je signe ? dit Morlac, avec le même sourire las.

— Savez-vous ce qu'un tel acte peut vous coûter ?

— Peu m'importe. Faites-moi fusiller, si vous voulez.

— Nous ne sommes plus en guerre et la justice sera moins expéditive. Mais la déportation est la sanction la plus probable.

— Alors, envoyez-moi au bagne. J'y suis prêt.

— Vous y êtes prêt et, même, vous le souhaitez,

j'ai compris cela. Je l'ai compris depuis le début. Vous refusez toutes les solutions que je vous ai proposées pour atténuer votre geste et obtenir la clémence. Parlons de cela, justement. Pourquoi voulez-vous être condamné ? Croyez-vous vraiment que cela servira votre cause ?

— Tout ce qui fait monter dans le peuple le dégoût de la guerre est bon pour la cause que je défends, comme vous dites. Si les prétendus héros refusent les honneurs abjects de ceux qui ont organisé cette boucherie, on cessera de célébrer une prétendue victoire. La seule victoire qui vaille est celle qu'il faut gagner contre la guerre et contre les capitalistes qui l'ont voulue.

Le juge se leva, passa devant le bureau et alla s'asseoir sur une chaise en face de Morlac. Leurs jambes se touchaient presque.

— Jusqu'à quel point êtes-vous convaincu de ce que vous dites ?

Devant le sourire de l'officier, Morlac se troubla.

— Je le crois, voilà tout.

— Eh bien, moi, je vous dis que non. Vous avez construit votre argument et vous vous y tenez. Mais vous n'y croyez pas.

— Pourquoi ?

— Parce que vous n'êtes pas assez naïf pour penser que votre petit coup d'éclat changera la face du monde.

— C'est un début.

— Non, c'est une fin. Pour vous, en tout cas.

Vous allez disparaître dans une lointaine colonie, à casser des cailloux, et vous n'en reviendrez pas.

— Qu'est-ce que ça peut vous faire ?

— À moi, rien. Mais nous parlons de vous. Votre « cause » aura perdu un de ses défenseurs. Vous aurez tiré votre seule cartouche sans atteindre personne et la cause en question n'aura pas avancé d'un pouce.

— Si vous me condamnez, le peuple se révoltera.

— Croyez-vous ? Vous avez fait rire les gens, c'est entendu. Mais parmi ceux qui vous ont applaudi, combien s'armeront pour vous défendre ? Si vous n'aviez rien fait, ce serait les mêmes qui auraient acclamé le défilé. Le peuple, dont vous faites si grand cas, est fatigué de se battre, même contre la guerre. Bientôt vous le verrez passer avec indifférence devant les monuments aux morts.

— La révolution viendra.

— Admettons que vous ayez raison et qu'elle soit nécessaire. Comment croyez-vous qu'on renverse l'ordre établi ? En décorant son chien devant un préfet ?

Il n'y avait pas de mépris dans le ton de Lantier. L'insulte n'en était que plus cuisante.

— Je crois aux exemples individuels, répliqua Morlac, mais sans conviction.

Il avait les joues rouges, de honte, de fureur, on ne savait. Le juge laissa s'écouler un long instant. On entendit le pas d'un cheval sur les pavés de la place puis tout redevint silencieux.

— Parlons sérieusement, voulez-vous. Laissez-moi

vous dire maintenant pourquoi vous avez commis cet acte et pourquoi vous voulez disparaître.

— Je vous écoute.

— Après votre convalescence, vous avez été évacué sur Paris. Vous y avez vécu quelques mois sans travailler. Votre pension vous suffisait. Pendant toute cette période, vous aviez maintes occasions d'entrer en contact avec des activistes. Vous ne l'avez pas fait. Si vous étiez si préoccupé de révolution, on peut penser que vous auriez saisi l'opportunité d'être dans la capitale pour vous engager.

— Comment le savez-vous ?

— C'est simple. Quand on m'a désigné pour instruire votre affaire, les bureaux de l'état-major m'ont transmis votre dossier. Les anciens combattants du front d'Orient sont suivis d'assez près par la police. Votre amitié avec des soldats russes n'est pas passée inaperçue, figurez-vous. Au retour, les services de renseignements se sont assurés que vous n'aviez pas de mauvaises fréquentations.

Morlac haussa les épaules mais n'objecta rien.

— Vous êtes arrivé ici le 15 juin. Vous vous êtes installé chez une veuve qui loue des chambres. Vous vous êtes montré très discret. Vous n'êtes même pas allé rendre visite à votre beau-frère qui a repris la ferme familiale.

— Je ne l'aime pas et il me le rend bien. C'est un paresseux et un voleur.

— Je ne porte pas de jugement. C'est un fait. En revanche, vous êtes souvent allé voir votre fils.

Le coup était inattendu et Morlac ne put dissimuler sa surprise.

— Vous vous êtes caché pour l'observer. Un jour, vous l'avez abordé et il a pris peur. Vous êtes revenu quand même mais en vous montrant encore plus prudent.

— Et alors ? Ce n'est pas un crime.

— Qui parle de crime ? Encore une fois, je ne porte aucun jugement. J'essaie de comprendre.

— Qu'y a-t-il à comprendre ? C'est mon fils, j'ai envie de le voir, voilà tout.

— Bien sûr. Mais pourquoi ne pas voir sa mère ?

— Nous sommes brouillés.

— Comme c'est bien dit ! Voyez-vous, Morlac, vous êtes un homme intelligent mais je crains que, pour cela comme pour beaucoup d'autres choses, vous ne vous mentiez à vous-même.

Lantier se leva et ouvrit grand la fenêtre. Elle n'était pas munie de barreaux et Dujeux, dehors, s'avança pour voir ce qui se passait. Le juge lui fit signe de s'éloigner et s'appuya sur le rebord, en regardant la place. Le chien, toujours au même endroit, s'était dressé sur ses pattes de derrière.

— Vous êtes très injuste, avec ce pauvre animal, dit le juge pensivement. Vous lui en voulez pour sa fidélité. Vous dites que c'est une qualité de bête. Mais nous en sommes tous pourvus et vous le premier.

Il se retourna vers Morlac.

— Vous portez cette qualité si haut, en vérité, que vous n'avez jamais pardonné à Valentine d'en manquer. Vous êtes l'homme le plus fidèle que je connaisse. La preuve, vous n'avez pas renoncé à l'amour que vous lui portez. C'est pour elle que vous êtes revenu ici, n'est-ce pas ?

Morlac haussa les épaules. Il regardait ses mains.

— Je crois que la vraie différence avec les bêtes, poursuivit le juge, ce n'est pas la fidélité. Le trait le plus proprement humain et qui leur fait complètement défaut, c'est un autre sentiment, que vous avez de reste.

— Lequel ?

— L'orgueil.

Il avait touché juste et l'ancien combattant, tout rompu aux épreuves qu'il ait été, perdait son assurance.

— Vous avez préféré la punir et vous punir, en mettant en scène sous ses yeux ce simulacre de rébellion, plutôt que de lui parler pour connaître la vérité.

— Ce n'était pas un simulacre.

— En tout cas, c'était un événement sur mesure pour elle. C'est à elle que vous vous adressiez.

Morlac tenta une dernière objection mais la voie de l'orgueil lui était coupée, à cause de ce qu'avait dit Lantier, et la phrase du prisonnier fut prononcée sans le ton qui l'aurait rendue menaçante.

— Tant mieux si elle a reçu le message.

— Malheureusement, vous n'avez pas entendu sa réponse.

Des cris d'enfants retentirent, venus d'une cour

voisine. L'air immobile et chaud ne semblait porter que les sons clairs, comme la cloche d'une chapelle qui sonnait tous les quarts d'heure.

— En tout cas, conclut Lantier d'une voix ferme, je ne serai pas complice de votre provocation. Puisqu'on attend de moi que je vous punisse, je sais quel châtiment je vais vous infliger. C'est celui qui fera le plus de mal à votre orgueil. Vous allez la voir et l'entendre. L'entendre jusqu'au bout et mesurer votre erreur. Ce sera votre condamnation. Mais, attention ! Je n'accepterai aucun faux-fuyant.

— J'ai le choix de refuser ?

— Non.

Lantier referma un à un les boutons du gilet qu'il avait laissé ouvert pendant l'entretien. Il prit sa veste qui était posée sur le dossier du fauteuil, derrière le bureau, et l'enfila. Il passa sa main dans ses cheveux pour les remettre en ordre et lissa sa fine moustache. Il se tenait bien droit, reprenant l'allure typique des officiers.

— Cette affaire est close. Je n'entendrai pas vos objections.

Mais cette assurance cachait une pudeur, une timidité qui s'attachaient à ce qu'il avait décidé de dire avant de sortir. Il n'était plus un juge mais un homme parmi d'autres quand il ajouta :

— J'aurais maintenant, toutefois, enfin... une faveur à vous demander.

X

Le juge était rentré directement à l'hôtel parce qu'il savait que Valentine l'y attendait.

Elle était assise dans le grand salon, mal à son aise sous une immense toile représentant une diligence. Elle s'était placée près du coin droit, là où l'artiste avait figuré une auberge de campagne, comme si la compagnie des fermières sur le pas de leur porte l'avait moins effarouchée que celle des belles dames qui passaient la tête par les portières de la voiture. Elle se leva d'un bond en apercevant l'officier.

— Alors? demanda-t-elle en lui prenant les mains.

— Allez le voir tout de suite. Il vous attend.

Et, en montant l'escalier sans se retourner pour ne pas voir l'émotion de la jeune femme et peut-être aussi pour cacher la sienne, il lança :

— Il est libre.

XI

La voiture filait à travers la campagne. C'était une berline militaire avec de gros phares chromés et des garde-boue d'un noir verni. Le soleil chauffait le capot et Lantier avait abaissé le pare-brise pour avoir de l'air.

Il traversait les villages sous les cris des gamins et soulevait sa casquette pour saluer les hommes qui travaillaient dans les champs. Des orages avaient éclaté la veille et il fallait se dépêcher de récolter les derniers carrés de froment. L'air sentait déjà l'automne et les bois prenaient par endroits leurs premiers reflets bruns.

Il avait tenu à voyager dans des vêtements civils, pour s'habituer déjà à la nouvelle vie qui commençait. Passé Orléans, il se sentait impatient d'arriver à Paris, de retrouver sa femme, ses enfants. Comment prendraient-ils le cadeau qu'il leur apportait ? Mieux valait se dire qu'ils seraient heureux de le voir heureux. Car, à la vérité, ce n'était pas un très beau cadeau. D'ailleurs, Morlac n'avait pas fait de difficultés pour le lui offrir...

Par moments, Lantier se retournait vers la banquette arrière et jetait un coup d'œil pour s'en assurer : non, vraiment, ce n'était pas un très beau cadeau. Ou plutôt, c'était à lui seul qu'il le faisait.

Il tendait le bras et sentait les vieilles bajoues sur sa main. Quel drôle de cadeau, décidément.

— Pas vrai, Guillaume ? criait-il.

Et le chien, lui aussi, avait l'air de sourire.

HOMMAGE

C'était en 2011. Un hebdomadaire français m'avait envoyé en Jordanie pour observer le Printemps arabe. Malheureusement pour moi, ce pays était le seul où il ne se passait absolument rien. Avec Benoît Gysembergh, le photographe qui m'accompagnait, nous passions nos journées à siroter des bières et à nous raconter des histoires.

Benoît était un garçon plein de talent et de fantaisie. Sa vie lui avait fait traverser le siècle et observer de très près un grand nombre d'événements éminemment romanesques.

Cependant, de toutes les aventures qu'il m'a racontées pendant ces jours oisifs, je n'en ai retenu qu'une seule. C'était une anecdote simple et très courte mais j'ai tout de suite senti qu'elle constituait un de ces petits cristaux de vie rares, à partir desquels il est possible de construire un édifice romanesque.

Cette histoire était celle de son grand-père. Revenu en héros de la guerre de 14, décoré de la Légion d'honneur, il avait commis un jour de boisson un acte inouï pour l'époque, une transgression qui lui avait valu d'être arrêté et jugé. C'est cet épisode que l'on retrouve à la fin de ce livre.

Je n'ai pas cessé de penser à Benoît en écrivant ce roman. Sa maladie s'est déclarée pendant que je le rédigeais. Il n'a, hélas, pas pu le lire car le mal l'a terrassé au moment même où je le terminais.

J'ai seulement eu le temps de lui dire que je le lui dédiais.

Ces pages sont pour lui, pour sa mémoire.
Il était un ami cher et un très grand photographe.

*Ouvrage composé
par CMB Graphic.
Achevé d'imprimer
sur Roto-Page
par l'Imprimerie Floch
à Mayenne, le 16 février 2015.
Dépôt légal : décembre 2014.
Numéro d'éditeur : 79098.
Numéro d'imprimeur : 88055.*

Imprimé en France.